8
GOBLIN SLAYER
蝸牛くも
Kumo Kagyu
插畫／神奈月昇
哥布林殺手
GOBLIN SLAYER!
He does not let anyone roll the dice.

U0028970

© Noboru Kannatuki

哥布林殺手

人物介紹

CHARACTER PROFILE

——保護、治癒、拯救。『地母神的三聖言』

女神官 Priestess

與哥布林殺手組隊的少女。因心地善良，常被哥布林殺手魯莽的行動耍得團團轉。

——換言之，我等於是對他們而言的哥布林。

哥布林殺手 Goblin Slayer

在邊境小鎮活動的怪人冒險者。單靠討伐哥布林就升上銀等（位列第三階）的罕見存在。

——沒有筆也沒有紙，又怎麼有辦法冒險？

櫃檯小姐 Guild Girl

在冒險者公會工作的女性。總是被率先擊退哥布林的哥布林殺手所助。

——無論何時，對她而言最重要的，都是天氣、家畜、農作物，還有他。

牧牛妹 Cow Girl

在哥布林殺手所寄宿的牧場工作的少女。也是哥布林殺手的青梅竹馬。

——無知的人才有福。因為知道就是極致的喜悅。『妖精格言』

妖精弓手 High Elf Archer

與哥布林殺手一起冒險的妖精少女。擔任獵兵（Ranger）職務的神射手。

© Noboru Kannatuki
8
哥布林殺手
GOBLIN SLAYER
He does not let anyone roll the dice.

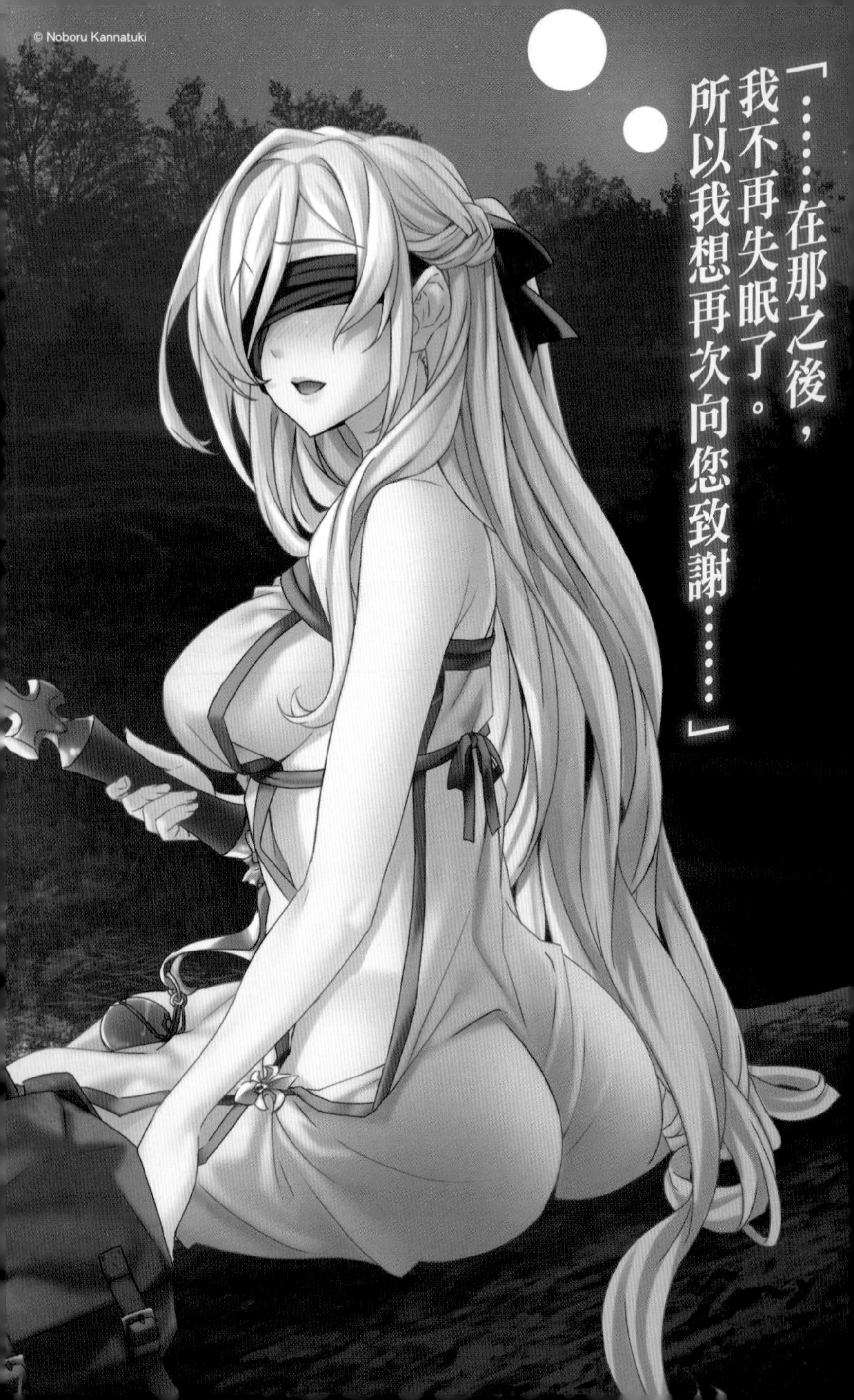
「……在那之後，
我不再失眠了。
所以我想再次向您致謝……」
© Noboru Kannatuki

© Noboru Kannatuki

「鍛鍊自己，揮刀屠戮。會出血的就不是敵手。」——鋼的祕密之一端

重戰士 Heavy Warrior

隸屬於邊境之鎮冒險者公會的銀等級冒險者。和女騎士等人一同組成邊境最棒的團隊。

——龍是不會逃避的。

蜥蜴僧侶 Lizard Priest

與哥布林殺手一起冒險的蜥蜴人僧侶。

——無論寶石還是金屬，琢磨前都是石塊。這世上沒有一個礦人，會用外表來判斷事物。

礦人道士 Dwarf Shaman

與哥布林殺手一起冒險的礦人術師。

「愛並非對望，而是並肩望向同一個去處。」——某位詩人

劍之聖女 Sword Maiden

水之都的至高神神殿大主教，同時也是過去和魔神王一戰的金等級冒險者。

我不想讓值得尊敬的敵手，變成明天的朋友。至少今天還不行。

長槍手 Lancer

隸屬邊境小鎮冒險者公會的銀等級冒險者。

——神祕與愛，愈透過舌尖編織就愈鬆散，更不用說是女性之美了。

魔女 Sorceress

隸屬邊境小鎮冒險者公會的銀等級冒險者。

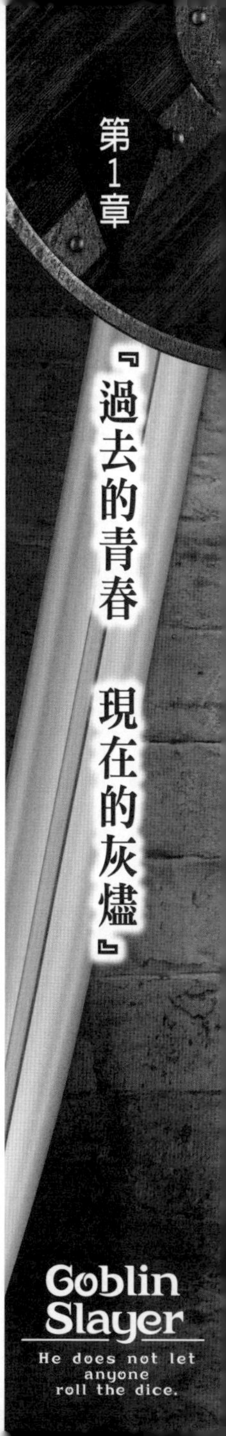
第1章
『過去的青春　現在的灰燼』
Goblin Slayer
He does not let anyone roll the dice.

足以致命的銳利暴風雪迎面襲來，年輕女主教咬緊下唇，忍住不尖叫出聲。

自惡魔棲息的異界第九層招來的寒氣，瞬間令迷宮內的墓室化為冰室。

藍黑色肌膚的最高等惡魔（Greater Demon），是從該領域現身的存在。

擁有足以覆蓋整座墓室的巨大身軀，以及龐大魔力的魔神，共有兩隻。

正因她的雙眼被眼帶遮住，才能深刻體會到魔神的存在感。

女主教冷得牙齒打顫，將力氣集中在快要站不穩的雙腿上。

「喝、啊！」

「OUURGGRERRR!?」

天秤劍隨著可愛的吶喊聲劃過空中，繫在鍊子上的天秤嗡嗡作響。

混在暴風雪中逼近她的夜鬼（Night Stalker），頭蓋骨被一擊擊碎，當場喪命。

雖說是高階的亡者，腦袋在進化成擁有自我意識的吸血鬼前被砸爛，依舊逃不過滅亡的命運。

女主教甩掉天秤劍上的腦漿與頭骨，擺好架勢，女戰士轉頭看著她。

「抱歉，不小心漏掉一隻！」

「沒關係！」

女主教一面回答，一面迅速觀察同伴。這種程度的雜兵不算什麼。

女戰士正準備貫穿與她交戰的黑衣人——忍者的心臟。

和巨大、醜陋的惡魔對峙的，是裝備板金鎧的頭目劍士。託他的福，這邊很安全。

手持來自東方的纖細彎刀的悠然背影，一如往常。

在旁蹲低身子、伺機而動的半森人斥候（Half Elf Scout）神情緊繃，卻面帶笑容。

自己身邊的則是蟲人僧侶。沉默寡言的他冷靜地戒備著。

另一側是正在觀察施術時機的女魔法師——

他們都因為冰雹及霰承受了傷害（Damage），得先處理這個。

「『執劍之君啊，給予看見所應看見之物、道出所應道出之言者守護的加護』！」

光之御印以女主教舉起的天秤劍為中心顯現。

那是強大的「聖壁（Protecion）」，可惜只有寒氣無法抵禦。

有如冬季雪山的寒意深深切裂、勒緊冒險者們的身體。

「現在就幫各位治療——……！」

「不，請先封住對手的法術！再來一次就危險了！」

單手拿著短杖，環視戰場的女魔法師冷得臉色發青、顫抖不已，努力提高音量。

真不曉得他們至今以來，被女魔法師正確的指示救了幾次。

「是！」

女主教舉起天秤劍，旁邊的蟲人僧侶結起法印。

「要一起上囉！即使是惡魔，只要封住法術理應就會弱化！」

「麻煩您了！」

整支隊伍中經驗最為豐富的他，從兩人相識的那一刻起，就是女主教的師父。

冰雪帶來的疼痛、面對強敵的緊張感，都在女主教心中慢慢融化。

獻給天上眾神的祈禱高聲斬裂暴雪，響徹四周。

「『我等繞行世界的風之神，尚請為我等消去旅途中的聲音』！」

「『願緘默之光照亮汝等（Light to Remain Silent）』！」

——「沉默（Silence）」。

不可視的威力充斥墓室，惡魔們醜陋的面容浮現奸笑。

冒險者總是這樣。以為封住法術就能拿自己有辦法。
然而惡魔如同其名，乃魔性之物、與魔法親近之物。
半吊子的小手段，不可能封印得住他們的法術。
惡魔的喜悅就是粉碎冒險者胸懷的希望，蹂躪他們。
對他們來說，有言語者的絕望比什麼都還要美味。
那麼，再讓他們嘗嘗暴風雪的滋味吧。
男人們就算活下來也是半死不活，只能任他們宰割。
兩個女術者可能會死，不過女戰士大概撐得住。
不，死了也無妨，女人的肉用途要多少有多少——
「————!?」
他們張開大嘴，終於發現自己發不出聲音。
——法術被封印住了!?被區區蟲子和凡人(Hume)小丫頭!?
「好！得手啦！」
蓄勢待發的斥候眼看惡魔們困惑不已，立刻拿著短劍竄過他們腳邊。
斥候從惡魔腳邊擦身而過的下一刻，鮮血噴出，兩具巨軀倒向一旁。
腳筋被砍斷了——惡魔意識到這一點時，已經太遲。
「太慢、了！」

長槍從虛空中刺出，是女戰士的致命一擊（Critical Hit）。

被槍尖貫穿的心臟，噴出藍黑色血液。

「——!?——!?」

「啊哈哈。我可聽不懂你在說什麼喔？」

女戰士輕笑出聲，躍向後方，身上沒有沾到任何一滴血。還剩一隻。

頭目劍士迅速握著纖細的彎刀，拉近距離。

咻。他壓低身子踏出一步，以行雲流水般的動作拔刀，由下往上一砍。

隨後馬上將另一手貼上刀柄，反轉刀刃，揮下第二刀。

惡魔的手臂飛向空中。接著是第二隻手。

只要瞄準目標輕輕一劃，那把彎刀不論肉或骨頭都砍得斷。

「————!?」

高等惡魔身上噴出藍黑色血液，張開嘴，喉嚨顫抖著，瘋狂掙扎。

被「沉默」封住的聲音，本來是任何人都聽不見的。

但惡魔的嗓音確實傳到了女主教耳中。微弱的、幾不可聞的聲響。

「他打算呼喚同伴！」

女主教察覺到惡魔的意圖，大聲警告伙伴。蟲人僧侶的下巴喀喀作響。

「如何？反正要收拾掉，等數量多點再一次解決嗎？我都可以！」

用短劍牽制敵人的半森人斥候率先回應：

「多起來會很麻煩哩，最好快點幹掉他們！」

就這麼做。頭目下達簡短的指示，決定整支團隊的作戰方針。

「配合我！」

「是！」

女魔法師揮下短杖，女主教跟著舉起天秤劍。頭目應了一聲後，空手結起法印。

「『溫圖斯（風）』！」

「『流明（光）』！」

——『利貝羅（解放）』！

下個瞬間，與疾風同時解放的光與熱籠罩墓室。

狂舞的冰雪逐漸消融，沒有發出聲音，也沒有散發蒸氣。

面對操縱萬物根源之力的禁術，除了最高階的龍以外，沒有任何事物能維持形體。

暴露在致命的熱風下，惡魔連慘叫的時間都沒有就碎成碎片，化為灰燼消失。

一陣風吹過，那裡已經不存在任何生命，唯有火熱的餘溫。

剩下的只有寶箱。冒險者面面相覷，鬆了口氣。

頭目劍士甩掉彎刀上的血，擦乾淨刀刃，慰勞隊友們。

「哎，高等惡魔差不多就這種程度囉。」

「只要封住法術，就只是數量多罷了。」

半森人斥候快步走向寶箱，女戰士看著他笑出聲來。

迷宮的敵人，並不會因為墓室的怪物被打倒就全部消失。

身為頭目的戰士會繼續警戒，也是理所當然。就算結束了一場戰鬥，也絕對不能放鬆。

「我們走到哪了？我想看地圖。」

「啊，是。我畫到一半……請稍等一下。」

女魔法師突然向在想事情的女主教搭話，她急忙搜起行囊。

女主教拿出用數張羊皮紙繪製的地圖，上頭畫著大小相同的格子。

她用筆將格子連在一起，加上新的墓室。

因為擁有一雙看不見的眼睛，她很喜歡畫這類型的東西。

雖然技術還沒好到能讓她挺起小小的胸部，自豪地說這是自己的專長。

「直向兩間，橫向兩間……」

「也許有暗門，之後找找。」

「嗯，得準備聖光(Holy Light)才行……」

蟲人僧侶點點頭，女主教將地圖交給從旁邊探出頭的女魔法師。
「給妳，我想已經到第九層中段了。」
「謝謝。」
女魔法師笑著接過，走向頭目。
頭目劍士正在檢查彎刀刀刃、目釘、鎧甲的狀態。
見女魔法師秀出地圖，宛如一個炫耀玩具的孩子，他輕聲嘆息。
女魔法師鬧脾氣般說著「我年紀比你大耶!?」，女主教為此揚起嘴角。
高等惡魔果然還是不容小覷。
一切只因為來到迷宮第九層的**他們**，是精通掠奪與殺戮（Hack and Slash）的強者。
「話說回來——」
女主教沒有放鬆戒備，將注意力轉移到墓室的四面八方。
接著從尚未發育的胸部輕輕吁出一口氣。
「幸好不是哥布林……」
誰都聽不見的呢喃聲，就這樣融入昏暗的迷宮深處，消失不見。

第2章『嚙切丸，前往南海』

「哇、噗……!?」

水花濺起，把站在船上的女神官噴得滿身溼。

帶著鹽味的水流進眼睛，她死命抓著船舷，以免被浪捲走。

連船舷都被海水濺溼，滑溜溜的，她才剛心想「啊」，手指便滑了開來。

女神官的腳底從甲板上滑開，飄到空中。在她即將落海的瞬間——

「還好嗎。」

「啊，嗯……」

堅固又粗糙的皮護手握住她的小手，力道大得足以令她感覺疼痛。

「有穿鍊甲吧。」

廉價的鐵盔、骯髒的皮甲，手上綁著一面小圓盾，腰間掛著一把不長不短的劍。

男人用細心整備過的鞋子踩在甲板上，牢牢撐住她。

Goblin Slayer
He does not let anyone roll the dice.

「掉下去會溺死。踩穩。」

「……是。」

女神官頻頻點頭，回應哥布林殺手。

她被哥布林殺手一把拉起，重新握好綁在船舷上的繩索。

他們遭遇了暴風雨。

烏雲籠罩灰濛濛的天空，雨水化為石塊砸在臉上，風割過肌膚，海面浪濤洶湧。

在這樣子的狂風暴雨中，女神官將蠢蠢欲動的巨大影子看在眼裡。

「MMUUUUANNDDAAAAA！」

扭動著身軀露出利牙的，是以幽深海底的黃金為鱗的大海蛇（Sea Serpent）。

企圖擾亂海中秩序的混沌勢力——不祈禱者（Non-Prayer）！

「喂，歐爾克博格！這要怎麼辦啦!?」

傾斜不穩的甲板，對上森人（High Elf）而言與身在隨風搖晃的樹上無異。

妖精（Elf）弓手以凡人（Hume）無法企及的敏捷輕盈動作跳來跳去，射出箭矢。

閃過水花，跳到空中，彎曲身體射出三支箭。

樹芽箭頭做的箭各自在空中描繪出魔法般的軌跡，襲向大海蛇。

可惜，三支箭都因為覆蓋在鱗片上的黏液滑開。

無法傷及敵人分毫，令妖精弓手氣得咬牙切齒。

「骰出來的數字有夠爛……！我要不要也買鐵箭來用？」

「妳身為森人的矜持到哪去了!?廢話少說，給我多射幾箭，分散牠的注意力！」

「我知道！你才該想辦法做些什麼吧！」

「閉嘴！我正在想！」

妖精弓手晃著長耳怒吼回去，稍遠處的礦人道士也抓著船舷。

他身為施法者，種族卻是礦人，然而在這個狀況下，連身強體健的他都無計可施。

「石彈」和「恐懼」也不知道能對那隻大海蛇造成多少傷害……

不如說，光是要讓裝滿觸媒的行囊不掉下去，就得耗盡心神。

「唔。」

哥布林殺手將腳邊的魚叉踢給蜥蜴僧侶，自己也拿起一根扔出去。

以超出一般投擲水準破空飛去的魚叉，刺進大海蛇的外皮。

看來覆蓋在體表鱗片上的黏液雖然能彈開箭矢，防禦力卻不怎麼樣。

他隔著鐵盔看著骯髒的黃色體液噴出，與水花一同混入海中。

但大海蛇也不是簡單角色。不可能因為這點傷而喪命。

「MUUUUUNNND！」

牠發出尖銳的鳴叫聲，大嘴用力咬住船首。

木頭發出劈里啪啦的聲音碎裂，一行人搭乘的小船迅速被拖向大海。

一旦掉進浪濤洶湧的海中，就再也回不到陸地。會成為亡者的同伴。

「哇、唔、啊……！」

女神官被巨浪與劇烈搖晃的船晃得頭暈目眩，努力思考自己能做到的事。

她能做到的只有一件事。除了祈禱再無其他。

既然如此——女神官咬緊下唇，一口氣從搖搖晃晃的甲板上站起來。

她在難以站穩的甲板上靜下心，彷彿在尋求依靠般舉起錫杖。

「『慈悲為懷的地母神呀，請以您的大地之力，保護脆弱的我等』！」

是神蹟。

神聖的力場靜靜顯現，將大海蛇從船身上彈開。

慈悲為懷的地母神的手指，伸到了海上。

「趁、現在！」

「喔喔！渡河的海龍（Mosasaurus）啊，懇請明鑒！」

蜥蜴僧侶立刻將他的力量發揮得淋漓盡致。

他用尾巴支撐身體，腳上的爪子抓住甲板，肩膀的肌肉隆起，擲出魚叉。

沒有哥布林殺手那般的技術，純粹是憑蠻力使出的一擊。

可畏的龍之末裔，肌肉發達的蜥蜴人(Lizardman)的蠻力。

魚叉命中又粗又長的身體，刺得比剛才那一擊更深，撕裂大海蛇的肉。

「MUANNDDAAADA！？！？」

大海蛇慘叫著扭動身軀。

牠再度沉入海中，尾巴拍打海面掀起大浪，襲向一行人。

「討厭！」

妖精弓手如同一隻被雨淋溼的狗，搖頭把水甩掉。

絕對不容大意，也沒那種心思，但眼下好不容易有時間喘息片刻。不能浪費。

更重要的是，海水毫不留情地從被咬碎的船首灌入。

船晃得很厲害，唯有處理掉大海蛇才可能得救。

「沒事吧？」

哥布林殺手詢問對面的女神官與礦人道士。

「沒、事。我還抓得住……！」

「只是這樣下去，船遲早會沉啊！」

「我呢!?」

他無視抗議自己沒被關心的妖精弓手，咕噥道：

「怎麼看？」

「哈哈哈，時間所剩無幾吶。」

回答他的蜥蜴僧侶泰然自若，轉了轉眼珠子，彷彿在享受這個狀況。

「然而，螞蟻只消多咬幾下，也足以形成致命一擊（Critical Hit）。」

「叫什麼來著，那──」

「大海蛇。」

「對。」哥布林殺手點了下頭。「那是魚？是蛇？」

「要說是貧僧的親戚，很遺憾……」

蜥蜴僧侶用尾巴纏著船桅，撐住身體，轉頭瞪向船首。

海水仍持續從被咬得不留原形的船首灌入，不過。

「……咬痕未帶毒液。若是如此，那傢伙只有外型與蛇相似罷了。是魚吧。」

「那麼，武器達不到的效果就靠法術解決吧。」

哥布林殺手瞬間擬定計畫，在傾向一邊的甲板上飛奔而出。

他一隻手扶著溼掉的木板，以免摔倒，滑到女神官與礦人道士身旁。

他抓緊繩子，礦人道士撐住他的身體，被他由下往上注視的女神官連忙壓住衣服下襬。

「法術和神蹟剩幾次。」

「我根本沒機會出場，剩得可多咧。」

「我也……還能用一、兩次。」

「好。」哥布林殺手點頭。「等那傢伙下次出來就動手。」

哥布林殺手迅速說明作戰計畫，女神官沒有意見。

「交給我吧！」

見她弄得滿身溼卻堅定回應，礦人道士也笑了。

「她都這麼說了，我不爭氣點回句『包在我身上』怎行呢。」

「拜託了。」

被晾在一旁的妖精弓手對哥布林殺手大喊：

「那我呢——!?」

「射響箭。引出那傢伙。」

妖精弓手嘴上雖然在抱怨「真是的」，還是乖乖聽從哥布林殺手簡短的指示。

她跑過蜥蜴僧侶旁邊，輕快地衝上船桅，把繩索纏在手上，維持姿勢。

然後從箭桶裡抽出箭，咬住箭頭，在樹芽上咬出缺口。

她將那支箭架在蛛絲弓弦上，射向天際，劃破風雨的笛聲響徹四方。

「那傢伙一出現就扔魚叉。」

專心傾聽箭矢破空聲的蜥蜴僧侶，愉悅地回答哥布林殺手：

「明白，明白。所謂戰事就該如此。」

不出所料，大海蛇被引出來了。

牠大概是想刺破船底吧，黑影從船的正下方浮現，頭部自海面露出。

「啊……可、惡……！」

巨浪晃得女神官差點飛出甲板，她壓著帽子，趴在地上。

不過，她的另一隻手絕對不會放開錫杖，瞪著金色的大海蛇吶喊：

「『慈悲為懷的地母神呀，請將神聖的光輝，賜予在黑暗中迷途的我等』！」

第二次的神蹟。

女神官在暴風雨中舉起的錫杖，綻放如同太陽的耀眼白光。

大海蛇承受不住海底看不見的光芒，放聲慘叫。

「咿啊啊！終究不過是鰻魚的同類……！」

蜥蜴僧侶的魚叉緊接著襲來。

噗咻一聲，大海蛇的側腹噴出鮮血。

「上！」

「來囉！」

哥布林殺手下達指示。礦人道士立即應聲。

他從裝觸媒的行囊裡取出白粉，撒向大海蛇。

粉末一碰到水便冒出白色泡沫——無疑是肥皂粉。

「『跳舞吧跳舞吧，水精（Nymph）和風精（Sylph），小心別在陸與海的境界摔跤了』！」

下一刻，異變發生。

試圖再度潛入水中的大海蛇，頭部彷彿撞到地面似的被水面彈開。

不僅如此，海中又粗又長的身軀一口氣浮了出來。

「MUAAANNADA！？！？」

大海蛇嘴部一開一合，身體砸向水面掙扎著，看似喘不過氣。

用鰓呼吸的生物中了水步（Water Walk），最終只能窒息而亡。

「哇……」

妖精弓手忍不住仰望天空，哥布林殺手卻毫不遲疑地下令：

「快死了。牠想靠近就射箭。瞄準眼睛。」

「好好好。」

妖精弓手嘆著氣，拉弓瞄準在海上掙扎的大海蛇。

看牠這麼痛苦，讓牠繼續活下去反而是殘酷之舉吧。

森人並不具備會嘲笑牠「明明不可能得救，還在那抵抗」的殘忍心靈。

她拉緊弓弦一射，精準射中眼窩，傷及更深處的腦部。

這一箭成了致命一擊。

大海蛇終於倒下，法術的效果也消失了，與白色泡沫一同沉入海底。

沒有人阻止，剩下的泡沫也被浪沖得一乾二淨。
「如何？」
不久後，哥布林殺手應該是判斷大海蛇死了，開口說道。
「沒用火，沒用水，也沒用爆炸。」
「啊──唔……」
妖精弓手收起愁眉苦臉的表情，低聲沉吟。
這算正常的冒險嗎？不過他沒用炸藥沒用水攻也沒搞到洞穴崩塌。確實沒有。
可是──
一對長耳上下顫抖，妖精弓手搔搔溼掉的頭髮。
「六──」她發出緊繃的聲音。「六十分。」
「是嗎。」他點頭。「……是嗎。」
「……怎麼，不滿意？」
「沒有。」
哥布林殺手慢慢搖頭。
「如果哥布林也能處理得這麼輕鬆就好了。」
一如往常的對話，令女神官輕笑出來。
本來還在擔心該怎麼辦，總之這樣就告一段落了。

女神官捲起衣服下襬，露出雙腿，用力擰乾。

——我會覺得大海蛇比哥布林更好應付，是不是被他傳染了呢。

無論如何，冒險一帆風順是件好事。大家都活著。委託也順利達成。

女神官將迷惘的心情壓抑在平坦的胸部中，輕輕點了下頭。

「好了，得趕快把船修好。雖然這裡離陸地不遠，小心大家都得游泳回去唷？」

「那是礦人的工作。」

「妳也給我來幫忙。鐵砧沒附浮袋，會沉到海底喔？」

「咿嘰——！」

妖精弓手氣得豎起長耳，礦人道士無視她，張開收攏的船帆。

他舔了下手指，把指尖沾溼感受風的流動，捕捉其末端。

「『風的少女（Sylph）啊少女，請妳接個吻。為了我等船隻的幸運』。」

順風（Tailwind）揚起船帆，女神官壓住被海風吹拂的頭髮。

暴風雨在不知不覺間平息，天空轉為湛藍，海上吹著平穩的風。

時節進入秋季。

女神官鬆了口氣。

真讓人捏把冷汗，雖說數小時前提議要接下這件委託的，就是她自己……

§

「哥布林嗎？」

「才不是咧！你這是歧視！」

一目了然的魚臉（Innsmouth）女焦躁地揮著鰭。

尖銳的說話聲中參雜氣泡破掉般的呼吸聲，在積水的洞窟中迴盪。

「再說，凡人叫我們半魚人也太過分了吧！一半的魚是怎樣啊！」

我們現在這樣就已經很完美了！面對這位怒吼的女性，男子點了下頭。

裝備廉價的鐵盔、骯髒的皮甲，腰間掛著一把不長不短的劍，手上綁著一面小圓盾的男子。

哥布林殺手不知道鰓人（Gillman）為何被叫做印斯茅斯。

有人推測是從深潛者（Deep One）演變而來，但沒有確切證據。

不如說，他根本沒有興趣。因為他們不是哥布林。

「……我聽說漁場遭到海哥布林襲擊。」

「你這是歧視！」

「是嗎。」

魚臉人們從洞窟最深處的海水池裡一個個探出頭。

又大又圓的眼睛不帶感情，嘴巴不停開合的模樣只能以可怕形容。

搞不懂他們在想什麼，不過從那幾根露出水面的三叉槍槍尖看來……

——是、是不是有點危險……？

女神官站在遠處傾聽這段類似交涉的對話，雙手握緊錫杖。

會擔心是正常的。

聽說有剿滅哥布林的委託而進入洞窟，卻在最深處被殺氣騰騰的鰓人包圍。

還一開口就罵人歧視——女神官不太理解這個概念。

倒是聽說過有些凡人領主會因為討厭森人、礦人，而對他們課徵長耳稅。

不管怎樣，這無疑是一般神官不會習慣的經驗。

——但真要說起來，一天到晚都在剿滅哥布林也非神官該有的經驗……

怎麼辦呢？其他三名伙伴從三個方向圍住女神官，彷彿要保護好煩惱不已的她。

「等、等等，歐爾克博格。別激怒人家……！」

「呦，妳怕啦……森人的膽子真小。不對，真平。」

「……！——！」

妖精弓手的臉繃成有趣的神情，輕戳礦人道士的側腹。

她很想回嘴，卻只有嘴巴朝著礦人道士一開一合，或許是因為現在這個狀況不適合吵架。

可惜上下搖動的長耳，比任何事物都還要能體現她的情緒。

別在這爆發啊。蜥蜴僧侶深深嘆了口氣。

「海哥布林？沒禮貌！至少叫我們擬似魚類人（Homo-Piscesan）吧！」

「哦，魚類人（Piscesan）嗎？」

蜥蜴僧侶立刻插嘴，興味盎然地將鼻子朝向鰓人。

「所以果然是從魚身長出肺與手足，爬出水面的人種……？」

「哎呀，真野蠻。」

不愧是水棲種族，很擅長潑人冷水。

「聽好囉，我們的祖先可是由星海降臨的偉大的章魚神大人！」

「章魚。」

「或是烏賊啦。」

「不無可能……那些傢伙擁有足以看穿烏賊乾是同族屍體的智商……」

蜥蜴僧侶不曉得在碎念什麼，最後點點頭，一副想通了的態度。

「那麼，貧僧等人聽聞漁獲減少的原因出自諸位身上，究竟是？」

「受不了！跟我們沒關係啦，討厭——！」

我們怎麼可能沒事跑去漁場搗亂！鰓人的手鰭拍了好幾下水。

被水花濺到臉的女神官微微皺眉，一臉疑惑。

「那麼，請問您知道漁獲為什麼減少嗎？」

「對呀，當然知道。就是因為這樣我才討厭鄉下漁村的傢伙！」

女神官纖細的手指抵在唇上，陷入沉思。

不能置之不理。否則村人與鰓人會起爭執。

不對，已經演變成爭執了。現在的情況就是最好的證據。

——那麼……

「只要不超出能力範圍……我想我們可以幫各位洗刷罪名。」

「哦……哎呀討厭，這孩子挺乖的嘛。」

聽女神官這麼說，女鰓人眨了下瞬膜。

「要說原因啊，就是大海蛇（Sea Serpent）囉。」

「大海蛇？」

礦人道士下意識驚呼。

「我還以為這一帶的海中沒有咧。」

「是嗎？」

妖精弓手晃著長耳歪過頭，礦人道士點頭回答「是啊」。

「因為算是近海吧。牠們會在遠一點的地區襲擊開去遠洋的船，船沉入海底，船員統統喪命，情報才傳不回來。」

經礦人道士這麼一說，挺合理的。

似乎是相當難纏的對手，女鰓人靠在石頭上，煩惱得扭動身軀。

「好像是從不知道哪個地方跑過來的。真的好討厭喔，星星的動向也被打亂了。」

「是嗎。」哥布林殺手點頭。「無論如何，不是哥布林。」

既然如此，結論只有一個。

「……不是剿滅哥布林的委託……該回去嗎。」

一行人大嘆一口氣。

女神官與妖精弓手輕輕按住眉間，然後使了個眼色。

啊啊，這個人真的是。

「不能放著有難的人不管……那就我們幾個去好了。」

「對呀。雖然沒有前鋒感覺會很危險。」

「唔……」

哥布林殺手抱著胳膊沉吟。

問題是望著彼此笑道「對不對——？」的她們倆，看起來實在很樂在其中。

© Noboru Kannatuki

「罷了罷了，嚙切丸。無論你說什麼，長耳丫頭都聽不進去。」

「呵呵，畢竟小鬼殺手兄的個性早已被摸透了吶。」

接著是竊笑著追擊的礦人道士與蜥蜴僧侶，同樣樂在其中的樣子。

結果如何——自不用說。

§

「那個，剿滅海哥布林的委託……」

「不是哥布林。」

「似乎是因為這樣稱呼會比較好懂……」

「不是哥布林。」

「那個，委託……」

「不是哥布林。」

「……取消是吧，我明白了。」

「因為不是哥布林。」

冒險者公會一如往常充滿活力，到處都是交談聲。

櫃檯小姐看著哥布林殺手骯髒的鐵盔，笑容微微僵住。

沒有騙人的意思，也沒有謊報的意思，但這種事就是會發生。

沒能掌握不同地區或不同種族特有的別稱，這種情況也是會有的。並非任何人的錯。

幫幫我！櫃檯小姐用視線向坐在隔壁的同事求救，卻被徹底無視。

在孤立無援的狀態下，櫃檯小姐採取的戰略是貫徹初衷。

「那麼與海哥布林……失禮了，與鰓人(Gillman)之間的問題尚未解決囉？」

也就是不再解釋，把工作做好。

帶著要靠之後的應對方式洗刷汙名，挽回名譽，否則就嫁不出去的決心。

「嗯。」

哥布林殺手正準備肯定，又立刻搖頭。

「……不。驅逐了某隻怪物。」

「可以請您詳細描述一下那隻怪物的外型嗎？」

「很長。」他想了一下，補充道：「是魚。」

櫃檯小姐打開使用已久的怪物辭典(Monster Manual)，翻閱書頁。

每每像這樣與他一問一答、尋找他說的怪物是件苦差事，但也算樂趣之一。

——我之前是不是說過這種話？

坐在酒館的女神官遠遠看著這一幕，鼻子湊近袖口，聞了幾下。

「……好像還有海水味。」

「不是好像，就是有。」

妖精弓手疲憊地垂下長耳抱怨。

對敏感的森人來說，果然很痛苦吧。

女神官一面問她「還好嗎？」一面聞自己頭髮的味道，大概是會在意。

「我明明沖過澡，衣服也換了……」

「總覺得這味道會黏在身上一陣子……不如說，都是這東西害的。」

妖精弓手視線落在桌子中央的大袋子上。

礦人道士一屁股坐在散發強烈腥味的袋子前，露出燦爛笑容。

「那些長鰓（Gillman）的挺大方的嘛！」

袋子裡面裝的是黑白兩色的珍珠、深紅色珊瑚、透明鱉殼、散發七彩光芒的卷貝、白色螺旋貝殼的一角。

儘管並非金幣，這可是鰓人們誠心誠意的報酬。

付完跟漁村借來的船的賠償費後，還剩下這麼多。

稱不上鉅款，但也足夠供他們享樂一段時間。

「啊啊——真是，礦人就是因為這樣才會被罵貪婪……」

「囉嗦，囉嗦。是長耳丫頭看不出這些東西的好！對吧？長鱗片的。」

「哈哈哈哈哈哈。哎，龍是會囤積財貨的生物，不得不同意啊。」

蜥蜴僧侶輕輕豎起尾巴，叫來獸人女侍，點了乳酪跟酒。

他愉快地轉動眼珠子，從袋子裡拿出巨大的某物。

「對貧僧而言，最大的收穫是這個。」

「哇……」

不能怪女神官驚訝得頻頻眨眼。

帶著美麗條紋花紋的那物品，看起來像是用寶石製成的野獸頭骨。

她小心翼翼以指尖觸碰，果然並非獸骨，而是石頭……

「這是寶石……對吧？」

「然也，然也。此乃經過漫長歲月，化為瑪瑙石的可畏的龍之顎。」

蜥蜴僧侶有如炫耀寶物的少年，舉起頭骨，難得看他如此興奮。

「真是，像個孩子似的……」

妖精弓手以手撐頰，無奈地嘆息。

身上卻散發出在欣賞溫馨畫面的氛圍……

「呵、呵……因為男生，就是喜歡，這種東西，嘛？」

「賺得了錢就是運氣好。沒什麼好抱怨的。」

從旁邊探出頭的是魔女與長槍手——不對，是重戰士。

「哎呀，真稀奇。」

「兩位臨時組隊嗎？」

女神官歪過頭詢問，重戰士聳了下肩膀。

「不，只是在等人。」

經他這麼一說，往佈告欄看去，女騎士正在前方碎碎念著審視委託書。

「要選牛人嗎？九頭蛇也不錯……不對，還是蠍獅吧……」

圍在旁邊的少年斥候(Scout)等人催促她「快點決定啦」。

「他，在那裡。」

魔女用她叼著的菸管指向櫃檯。

長槍手無視其他閒置的櫃檯，排在櫃檯小姐前面的隊伍中。

他之所以臉頰抽搐，八成是因為聽見哥布林殺手與櫃檯小姐的對話。

即使如此，偶爾還是有其他女性職員或女性冒險者找他聊天，長槍手也笑著應對……

「他真受歡迎呢。」

「對，呀。」

魔女憑空取出長菸管，用矇矓的雙眼凝視女神官。

——嗚。

女神官心跳漏了一拍，輕輕按住胸口。

總有一天，她也能變成這樣嗎？就算前路肯定十分漫長……

「嚙切丸或許該學學他，表現得更討人喜歡點。」

「咦咦——？不要啦，我才不想看見帶著陽光笑容跟人打招呼的歐爾克博格。」

礦人道士大略算好財寶價值，將其放回袋中，旁邊的妖精弓手露出傻眼的表情。

跟著想像起那畫面的女神官也忍不住呵呵笑了出來。

「確實……有點不習慣。」

「對呀對呀。歐爾克博格他啊——……」

「我怎麼了。」

「——就該這個樣子。」

哥布林殺手突然現身，妖精弓手揮手回道「沒什麼」。

看來他跟櫃檯小姐談完了。他並未表現出疑惑，點了下頭：

「是嗎。」

鐵盔轉向一旁的重戰士與魔女，底下的表情無人可知。

「什麼事。」

就是這種態度。

重戰士面帶苦笑，魔女似乎一點都不在意，雙唇吐出甘甜的煙霧。

要如何從他低沉無起伏的聲音中，只讀取出字面上的意思？

想學會這件事，比習得低階技能更需要經驗。

「打發時間，還有跟你們打個招呼。」

「因為……等等，要去，冒險（約會）。」

「是嗎。」哥布林殺手點頭，簡短回應：「小心點。」

重戰士揚起嘴角，用粗糙的手掌拍了下哥布林殺手的肩膀，邁步而出。

「我看你光處理那些就忙不過來，也覺得那樣就夠了吧。」

「再見，囉……」

魔女也扭動著豐滿的身軀，從椅子上站起。

煙霧留下甜美的餘香，女神官反射性看著她的背影。

如果能變成像她那樣的女性——像她那樣的冒險者就好了。這是她藏在心底的願望。

哥布林殺手無法理解重戰士的意思，微微歪過頭。

但他得不出結論，決定不再多想。要做的事很多。

「分報酬。」

哥布林殺手隨便坐到某張椅子上，環視眾人，冷冷說道。

「各自拿走想要的東西，剩下換成錢平分……可以吧。」

「貧僧沒有意見。」

蜥蜴僧侶以奇妙的手勢合掌，鄭重點頭同意。

「貧僧聽聞連海賊都不會為報酬起爭執，冒險者自然也無此必要。」

「你要選那個顎骨對吧？那我——要這個！」

「喂，長耳朵的，妳手很快喔。」

雪白手指迅速伸向透明的金色結晶——鱉殼。

礦人道士又粗又短的手阻止不了她，妖精弓手「哼哼」得意地挺起平坦的胸部。

「有什麼關係？我不會說先搶先贏啦，可是也沒其他人想要吧？」

「這個嘛……」礦人道士掃了眾人一眼。「……是沒錯，妳拿那玩意兒幹麼？」

「嗯——？我想送給姊姊。海裡的東西在我們這邊很稀奇。」

「她一定會很高興的。」

聽女神官這麼說，妖精弓手開心地瞇起眼睛，晃動長耳。

「謝謝。」

在密林深處舉辦的盛大婚禮，仍記憶猶新。

後悔之情同時浮現腦海。女神官垂下目光，默默伸出手。

「……那麼，我選珍珠。我想用它供奉地母神。」

她不知道該如何贖罪，儘管地母神原諒了她，總不能什麼都不做。

礦人道士看女神官這樣，百無聊賴地用鼻子哼了一聲。

「大可選些自己喜歡的東西……唉，也罷。」

礦人道士用粗糙的手抓起一根角，慎重地收入懷中。

「這可以拿來當觸媒，我要這根角。嚙切丸打算如何？」

「……我嗎？」

他看起來非常吃驚。鐵盔靜止不動，緊盯著裝財寶的袋子。

女神官笑咪咪地看著。

冒險、打倒怪物、得到報酬、分配給全員。

分報酬的方式五花八門，聽說有些隊伍會讓管帳的人統一管理……

總而言之，她喜不自禁的原因只有一個。

——他所期望的普通冒險，肯定就是這樣。

§

午後的牧場，正在大嚼橡子等飼料的豬隻，發出噗噗聲抱怨。

不曉得是因為知道自己長胖了會被宰來吃，還是在嫌飼料不夠。

「別吵，快吃。」

牧場主人判斷是後者，允許豬隻多吃一點。

畢竟今年的收穫祭快到了，冬天也在加緊腳步接近。

得把牠們養肥宰掉，否則這個冬天會很難熬。

幸好豬跟雞都長得不錯，牛奶品質很好，作物也沒有歉收。

照這情況，今年應該也能平安迎來冬天。

「……傷腦筋。」

牧場主人用掛在肩上的布擦拭臉頰，吐出一口氣。身體挺僵硬的。

和姪女兩人勉強經營了十年牧場，自己的年紀或許也差不多了。

連現在都是好不容易才撐得下去，假如只剩下姪女一人，生活想必會變得更苦。

這樣的話，果然該雇用牧童嗎……

「不過……」

所謂牧童，是指在這塊偏僻的開拓地流浪的人。

哪能讓那孩子跟那種傢伙待在一起。

考慮到可信度，國家透過公會保障其身分的高階冒險者還比較可靠……

「……唉。」

思及此，牧場主人再度深深嘆息。

因為害他煩惱無比的原因，正踩著大剌剌的步伐接近。

「……回來啦。」

「是。我回來了。」

裝備廉價鐵盔與骯髒皮甲的男人，在街道旁停下腳步，向他低頭。

哥布林殺手。

牧場主人至今仍不太瞭解，人稱哥布林殺手的他帶著什麼樣的表情。

「又是哥布林嗎？」

「是……不，是哥布林沒錯，但——」

是不同的怪物。他用短短幾個字回答，牧場主人很快就放棄看透他的表情。

因為只有自己的姪女，能望穿頭盔底下的面容。

「那個，她——……」

「在家裡。」

牧場主人將盤踞在心中的情緒，統統壓了回去。

「……別讓她等太久。」

「是……明天，我會留在這幫忙。」

「……這樣啊。」

牧場主人看著豬隻點頭。

他聽著背後的腳步聲逐漸遠去，嘆出第三口氣。

——反正就算看到他的臉，也搞不清楚他在想什麼。

§

「啊，你回來了——！」

哥布林殺手打開家門，明亮的聲音立刻從裡面傳來。

接著聞到牛奶加熱後散發的甘甜香氣。

他聽著啪噠啪噠跑過來的腳步聲，走進餐廳。

餐桌已經整理好，只要等午餐完成就能開動。

青梅竹馬離開鍋子，穿著圍裙出來迎接他。

「聽說你去了南邊，這次回來得比較早呢。午餐吃了嗎？」

「還沒。」

哥布林殺手明確地搖頭否定。

他拉開椅子坐下，發出些微的吱嘎聲，大概是因為這身鎧甲。

「好，我馬上準備。還要麵包跟……乳酪？」
「麻煩妳。」
最近乳酪賣得很好。牧牛妹開心地說，走向鍋子。
他面向轉過身去的她。因為那位蜥蜴先生買了很多乳酪，她說。
煮東西發出的咕嘟咕嘟聲。攪拌的動作。她轉頭望向他：
「不過……偶爾也可以跟大家一起吃喔？」
「……」
哥布林殺手沉默片刻，低聲回問：
「添麻煩了？」
「嗯～……」
看不出盯著鍋子的她現在是什麼表情，就像沒人知道他平常是什麼表情。
牧牛妹像要掩飾什麼般，攪拌鍋裡的東西。
不久後，她念了一句：
「……我是不介意啦？」
「……是嗎。」
聽見她的回答，哥布林殺手輕輕吐氣。
牧牛妹很快就說著「做好囉——」，端來用盤子裝的燉菜。

「我來幫忙。」

「不用不用。」

她制止站起來打算幫忙的他，心情似乎不錯。

他跟坐在對面的她一起向上天祈禱後，說道「我開動了」。

牧牛妹手撐著臉頰，面帶笑容，看他用湯匙舀起燉菜，默默吃著。

一如往常——他回家時的用餐時間。

對她而言，這是很溫馨的景象，也可以說她僅僅為了這個瞬間才下廚。

「帶了土產。」

然而。

今天跟平常不同，他說了這句話，因此牧牛妹眨了下眼。

「土產？咦，不會吧，真的？」

「真的。」

哥布林殺手說道，隨手伸進雜物袋。

在裡面搜來搜去的動作很粗魯，怎麼看都不像要送人禮物。

不如說，把土產塞進雜物袋裡不太適合吧。

——算了，這樣才像他。

牧牛妹輕笑著微微瞇起眼睛，以免被他發現。

「找到了。」

他的語氣聽起來像鬆了口氣，牧牛妹好不容易才控制住笑意。

「是什麼？」

「貝殼。」

他伸出來的手掌上，放著七彩的螺旋貝殼。

被即將從天頂落下的日光一照，貝殼閃耀出虹色光芒，宛如寶石燦爛無比。

「哇……！」

也難怪牧牛妹會忍不住驚呼。

「咦，我真的可以收下嗎？你是去海上工作？」

「嗯。」

他隨口應聲，是在回答哪個問題呢？

牧牛妹彷彿在對待易碎物般，戰戰兢兢、慎重地拿起貝殼，放到掌心。

她瞇起眼睛欣賞貝殼耀眼的反光，透過光芒看見沉默不語的他。

「有魚。」他思考片刻，補充道：「很長的魚。」

怎麼辦？該問清楚一點嗎？啊啊，不不不，是很令人好奇沒錯，但這個更重要。

「謝謝！我會珍惜它的！」

牧牛妹將貝殼捧在豐滿的胸前，展露微笑。
看到他默默點頭，牧牛妹起身快步走向廚房。
她拿出放在架子最上層的舊盒子，打開盒蓋，裡面全是不值錢的雜物。
牧牛妹卻輕輕放入貝殼，有如要將寶物收進其中，蓋上蓋子。
「這樣就行了……嗯，絕對不會弄丟。」
「是嗎。」
她踮腳把盒子放回架上，像完成一件工作似的，拭去額頭上的汗水。
在小跑步回餐桌途中，還順便倒了杯葡萄酒拿過來。
下午就開始喝酒不太好，但今天應該沒關係吧。嗯。
「明天呢？」
「休息。」
他一把拿起牧牛妹放到桌上的杯子，大口喝酒。
燉菜不知不覺吃完了。牧牛妹問「要再來一盤嗎？」他回答「好」。
看著急急忙忙跑去添菜的背影，他低聲說道：
「我會去幫忙牧場的工作。」
哥布林殺手是這麼打算的。牧牛妹想必也在期待。
那麼，要做什麼呢？該做哪些工作？舅舅說過有些事要做。那就這樣吧。

他們聊著天，太陽下山，舅舅回來了，三個人一起享用晚餐，度過奇妙的家族團聚時間，然後上床就寢。

毫無變化的夜晚。跟他回來時一樣，極其平凡的假日。

然而隔天——事情有了變化。

第3章
『小鬼殺手，前往王都』
Goblin Slayer
He does not let anyone roll the dice.

「我來找您了。」她如此說道。

用熱情得彷彿隨時會融化的陶醉語氣。

背對從窗外照進來的朝陽，外袍底下的雙脣掛著淺笑。

女子緩緩掀起外袍，海浪般的金髮便從內側傾瀉而下。

白色薄衣毫不吝嗇地勾勒出宛如地母神的豐滿身體曲線。

若隱若現的肌膚完全沒有被太陽晒過的痕跡，不只白皙，甚至到了清澈透亮的地步。

因此，她的臉頰看起來閃耀著薔薇色，想必不只是因為沐浴在陽光下。

這副模樣儼然是名娼婦——雖然有些神殿也會有聖娼。

只要是男人，光被她看一眼都會為之傾心，她卻用黑色眼帶遮住雙眼。

手持掛著天秤的劍——象徵正義與公正的天秤劍。

她扭動身軀，貼著天秤劍，似乎有點不安，用纖細的聲音呢喃：

「給您添麻煩了嗎？」

「不。」

劍之聖女。哥布林殺手冷靜地低聲詢問這位邊境最強的聖職者：

「哥布林嗎？」

§

事情發生在早上。

哥布林殺手在天亮前起床，著手檢查裝備。

鐵盔、鎧甲、穿在鎧甲底下的防具、盾牌、劍。毫無損傷。狀態也不錯。他拿出雜物袋，檢查內容物。

除了用麻繩打結，以便區分種類的藥水(Potion)外，還有用蛋殼裝的催淚彈、卷軸、各種道具。

他判斷沒有任何問題，一樣一樣帶在身上。

離開房間，在走廊上走路時也隱藏氣息，避免吵醒應該還在睡的那兩人。

他沒有發出腳步聲，來到室外，秋天冰冷的空氣一口氣籠罩住他。

或許是因為露水正在蒸發，牧場像有牛奶流過似的，蒙上薄薄一層朝霧。

彷彿沉浸在雲裡。哥布林殺手停下腳步，環顧四周。

「……哼。」

視野不佳。他不悅地哼了一聲，大剌剌穿過朝霧，走向前方。

儘管他對這座牧場再熟悉不過，也不能因此放鬆戒心。

他開始每天都會做的巡邏，首先是沿柵欄繞一圈。

除了檢查柵欄有沒有被破壞外，當然也是要確認附近有無腳印之類的痕跡，有的話數量又是多少。

託溼氣的福，腳印容易留下，但霧這麼濃也會影響工作。

哥布林殺手卻仔細地逐一檢查，半句話都沒抱怨。

反正洞窟裡也很暗。

這樣可以練習在暗處視物，看清看不見的東西。這種努力是不可或缺的。

繞柵欄一圈後，他接著從倉庫拿出短劍和好幾個靶子。

他把小瓶子放在柵欄上，在轉身的瞬間瞄準，擲出短劍。

短劍發出劃破早晨空氣的咻咻聲，接連擊落瓶子，或是刺在上頭。

「嗯。」

哥布林殺手咕噥一聲，收拾短劍及靶子。

朝陽的第一道光芒，已經從地平線彼端射出。

他將訓練道具收進倉庫，來到戶外，在牧場入口看見人影。

——哥布林嗎？

他握住腰間的劍，隱藏氣息，朝因為霧氣而無法判別的人影走近一步、兩步。

看到人影的輪廓明顯比小鬼還大，他小心地放開劍柄。

「誰。」

「哇!?」

嚇得尖叫、身子抖了一下的，是在某處見過的青年。

哥布林殺手踩著大剌剌的步伐走過去，青年瞬間繃緊神情。

這時他才終於發現青年穿著公會的制服。是職員嗎。

「從公會來的嗎。什麼事。」

「嗯、嗯，雖然我事先聽說過您是這樣的人……不對。」

青年職員清了清喉嚨。

「公會有您的訪客。對方請您『盡速前來』。」

「是嗎。」哥布林殺手點頭，微微歪過鐵盔。「哥布林嗎？」

「不、不清楚……？」

「稍等。」

他釋放出不容拒絕的壓力說道，轉身走進屋內。

© Noboru Kannatuki

毫不關心青年職員在後面帶著難以言喻的表情鬆了口氣。

哥布林殺手在走廊上直線前進，打開目的地的房門。

「我進去了。」

「咦？——唔咦啊!?」

正在更衣的牧牛妹發出不符少女形象的詭異叫聲，連忙用被單遮住裸體。

哥布林殺手看見門後的景象，一語不發，轉頭鎮定地說：

「…………早餐不用。我要出門。」

牧牛妹的手無意義地揮來揮去，大概是覺得自己主動給人看可以，被人看到卻不行吧。

「敲、敲門！記得敲門啊！」

「……是嗎。」哥布林殺手低聲說道。「抱歉。」

「呃、呃，沒關係啦……是不會怎樣。」

牧牛妹按住豐滿的胸部，用力深呼吸。

她自己似乎也無法分辨，臉紅的原因是出於驚訝還害羞。

總之他道歉了，就這樣放過他吧……

她如此判斷，用微弱的聲音詢問：

「所以……有什麼事？」

「不清楚，公會要我過去。」

哥布林殺手的回應很簡潔，牧牛妹嘀咕了句「這樣呀」。

那，今天的晚餐想必也不用為他準備。胸口傳來一陣刺痛。

果不其然，他像要肯定牧牛妹的推測般，用低沉冰冷的聲音直截了當地說：

「如果是哥布林，就不能幫忙了。」

路上小心。

牧牛妹笑著送他離開，抱住雙腿，在床上坐了好一段時間。

§

「啊，哥布林殺手先生！」

一踏進公會，櫃檯小姐率先注意到他，臉上綻放笑容。

早上。

剛起床的冒險者從公會二樓下到酒館，懶洋洋地將早餐送入口中的時間。

委託書還沒貼出來，因此冒險者也不多，公會內部瀰漫鬆懈的氣氛。

唯一的例外就是櫃檯內側，在事務所忙碌不已的職員。

他們的工作已經開始。

俐落地整理好文件，準備貼委託書到佈告欄上，檢查金庫、檢查聯絡事項，諸如此類。

其中，櫃檯小姐對推開門走進來的哥布林殺手輕輕揮手。

「客人已經到了！」

「是嗎。二樓？」

「是的。呃，那個……」

親切地回答他的櫃檯小姐，突然沉下臉來。

不對，或許該用「貼在臉上的笑容稍微剝落」來形容。

她支支吾吾的，哥布林殺手歪過頭。

「什麼事。」

綁得像尾巴似的麻花辮彈了一下。櫃檯小姐深深低下頭。

「上次的委託，真的非常抱歉。」

「上次。」

「就是、那個，海哥布林。」

櫃檯小姐彷彿要開啟什麼難以啟齒的話題，咕噥著說明。那是昨天剛接到報告的委託。

哥布林殺手不解地陷入沉思，似乎有頭緒了。

「喔。」

他一副剛剛才想到的樣子，點了下頭，然後又慢慢搖頭。

「我不介意。」

他的態度乾脆至極，踩上樓梯。

絲毫沒有發現櫃檯小姐在背後鬆了口氣，一階一階往上爬。

目的地是不曉得在多久以前，與如今的隊員初次見面的會客室。

房內，站在窗邊的那名女子突然抬起臉望向他。

「我來找您了。」她如此說道。

用熱情得彷彿隨時會融化的陶醉語氣。

背對從窗外照進來的朝陽，外袍底下的雙唇掛著淺笑。

女子緩緩掀起外袍，海浪般的金髮便從內側傾瀉而下。

白色薄衣毫不吝嗇地勾勒出宛如地母神的豐滿身體曲線。

若隱若現的肌膚完全沒有被太陽晒過的痕跡，不只白皙，甚至到了清澈透亮的地步。

因此，她的臉頰看起來閃耀著薔薇色，想必不只是因為沐浴在陽光下。

這副模樣儼然是名娼婦——雖然有些神殿也會有聖娼。

只要是男人，光被她看一眼都會為之傾心，她卻用黑色眼帶遮住雙眼。

手持掛著天秤的劍——象徵正義與公正的天秤劍。
她扭動身軀，貼著天秤劍，似乎有點不安，用纖細的聲音呢喃：
「給您添麻煩了嗎？」
「不。」
劍之聖女。哥布林殺手冷靜地低聲詢問這位邊境最強的聖職者。
「哥布林嗎？」
「是的。還請您幫……不對。」
女子用性感的嬌聲說道，搖了下頭。
「……可否拜託您，殺掉他們？」
「當然。」
他答得斬釘截鐵。
女子揚起嘴角，炙熱的吐息從唇間洩出。金髮在豐滿的胸部前搖晃，漾起波浪。
「地點在哪。規模呢。」
「有幾件事，要先向您說明。」
「我在聽。」
明明她才是客人，劍之聖女卻用手勢請哥布林殺手入座。

他粗魯地坐到椅子上，她則彎下腰坐到對面。

劍之聖女微微挪動身子，調整圓潤臀部的位置，將天秤劍拿到手邊。

「哥布林出沒的地點在……可以幫我拿地圖過來嗎？」

「是是是，早就準備好了。」

回答她的是年長的女官。

什麼時候出現的？女官彷彿要融入黑暗，在會客室的角落待命。

她身穿下襬長又多件式的禮服，動作卻沒發出半點聲響，在桌上攤開地圖。

——無疑是武僧（Monk）之流。

哥布林殺手如此推測，馬上將這個推測趕出腦海。跟小鬼無關。

劍之聖女「呵呵」輕聲笑了出來，大概是猜到哥布林殺手在想什麼。

「她是我的幫手兼護衛……雖然我說過沒有必要。」

「本領暫且不論，放大主教（Archbishop）大人獨自一人過於危險。這也是無可奈何。」

真是的。劍之聖女像在鬧彆扭似的說，然後害羞地清清喉嚨。

「哥布林的出沒地點……」

纖細的食指用如同愛撫的動作，在地圖上滑動。

不知為何，雙眼都被遮住的她，指尖依然能準確指出道路。

「……是這條從水之都通往王都的街道。」

「街道嗎……」
「我實在太害怕……」
不敢過去──旁人聽見劍之聖女的告白，不知會做何感想。
「呣。」
哥布林殺手看了肩膀瑟瑟發抖的劍之聖女一眼。
「規模、巢穴、其他已知的特徵是？」
「根據目擊者的證言，大約二十隻。身上有同樣的刺青，巢穴不明……」
劍之聖女壓低音量，有如孩童在講述作夢夢見的怪物。
「……騎著狼。」
「原來如此。」
哥布林殺手沉吟著陷入沉思。
之前在樹海遭遇的哥布林，最後演變成隔著懸崖上下方的射擊戰。
當時費了好一番工夫才解決掉他們……
「大主教大人本次得前往王都參加會議。」
唉。隨侍在旁的女官嘆著氣補充說明。
也算給劍之聖女一個臺階下吧。
是因為被人知道治理邊境的重要人物害怕區區小鬼不太好？

還是為了默默在後方支撐她的心靈？

「因此委託內容並非剿滅哥布林，而是擔任私人護衛。」

「有其他護衛嗎？」

「沒有。不如說由於會議是臨時召開，沒那個時間安排。」

為何不派士兵？為何不交給軍隊？

若有堅持追根究柢的冒險者，肯定會撕裂劍之聖女的內心。

女官所要守護的不只主人的身體、性命，還包括心靈……的意思嗎。

「無妨。」

不管怎樣，哥布林殺手的回答不言自明。

「那類型大多是沒有巢穴的過客。是流浪部族（Wandering Tribe）吧。」

他緊盯著地圖，將離王都的距離與路線記在腦海。

他從未去過王都。以前甚至連這座城鎮都沒來過。

地圖跟實際情況八成會有差距。哥布林殺手預留了當場修正的空間，制定計畫。

「只要在遭遇地點殺光他們，就結束了。」

「原來有這種類型的哥布林。」

「有。也有人叫他們草哥布林。」

哥布林殺手重重點頭，思考片刻，補充重要的一句話：

「不過，海哥布林指的是魚。」

「哎呀。」

真不敢相信。劍之聖女用雙手遮住張開的嘴巴。

倘若看得見她的眼睛，想必正睜得大大的，不停眨眼吧。

「不管怎樣，區區哥布林大可委託其他冒險者。」

該存疑的可不只這點。女官瞄向哥布林殺手。

不對，正確地說是掛在他脖子下的銀等級識別牌。

這名裝備骯髒鎧甲、鐵盔的冒險者，殲滅了水之都地下的下流怪物。

能力不容置疑。僅僅是因為他的等級實在太高了。

「但大主教大人堅持找您擔任護衛。」

「因為，他是我最信賴的人嘛。」

看到劍之聖女嘸起嘴鬧脾氣，女官念了句「真拿您沒辦法」。

有如勉強答應妹妹任性要求的姊姊。

哥布林殺手盯著兩人，低聲說道：

「伙伴——」他用連自己都不敢相信的語氣說。「我去叫來。稍等。」

「所以，報酬還沒定好你就接下了!?」

「……報酬。」

「你忘了對不對，歐爾克博格！」

§

你是白癡嗎？你是白癡嗎？

坐在駕駛座的妖精弓手，在蜥蜴僧侶旁邊不悅地晃動長耳。

車輪喀喀作響，雙駕馬車穿過城鎮大門，載著一行人來到鎮外。

初秋涼爽的微風將空中的白雲吹到一旁，天氣是晴天，氣溫也很暖和。

然而今天是假日。是休息的日子。睡到中午也會被原諒的日子。

熟睡到一半被叫起來說「有工作」、「是哥布林」，森人自然也會生氣。

不能怪妖精弓手的長耳將內心的不滿表露無遺。

「好、好了好了，別生氣……」

女神官僵著臉安撫她，不過，也不是不能理解她的心情。

畢竟才相隔一天又要剿滅哥布林。深愛冒險的她肯定很不開心。

——我當然會跟去，但……

這跟那是兩回事。那個人還是老樣子，不懂得先跟大家商量，拿他沒辦法。

「哥布林殺手先生，要確認清楚才行喔？」

女神官豎起手指提醒他，跟以前在寺院指導後輩時一樣。

他會乖乖點頭回答「這樣啊」，不像弟妹們那樣的壞小孩那麼難教。

「總之報酬之後再問就行了……對不對？」

「是的。這邊當然有所準備。」

一行人包圍的馬車內，坐著面帶微笑、披著斗篷的女子。

坐在女子對面的侍女也相當美麗，然而肢體的美感與性感的笑容根本無可比擬。

從敞開車窗露出的美貌，令經過的冒險者毫不客氣地看過來。

然而——哎，這已司空見慣。

只接剿滅哥布林委託的男人做出詭異行為，也不是這一、兩天的事。

這傢伙是個怪人，想必接了與哥布林有關的委託，負責保護這個女人。

恐怕當事人並沒有感覺到，現場氣氛充滿對他的包容……

「先付一袋金幣當訂金，到當地之後再給第二袋。」

「每個人？」

「是的。」

聽見她的回答，礦人道士滿意地捻鬚。

先不說剿滅哥布林，護送馬車就能拿到這個金額，實在很誇張。

「挺好的啊。去遠方的城市參觀參觀……或許是個不錯的機會。」

「唔、嗚……王都啊，王都是嗎。我確實想見識一次……」

妖精弓手雖然生氣，又覺得大發雷霆太難堪，「唔——唔——」咕噥著。

哎呀呀，真是的。抓著轡繩坐在駕駛座的蜥蜴僧侶笑出聲來。

帶頭的是哥布林殺手，蜥蜴僧侶與妖精弓手坐在駕駛座。

礦人道士及女神官守在兩側，他們自然而然定下這個陣形，無須明言。

到頭來，各位也都沒問報酬就選擇與小鬼殺手同行，還真是服了。

不是魯莽之舉，也並非疏忽懈怠，而是仔細考量後的結果。

愉快，愉快。蜥蜴僧侶因為自己的情緒不容易被看出來，加深笑意。

「……停。」

「明白，明白。」

馬車在街道上行駛了一段時間，哥布林殺手突然叫他停車。

蜥蜴僧侶用長鱗片的手收住轡繩勒馬，他叫眾人「稍等」，邁步而出。

理由不言自明。前方的柵欄後有一名紅髮少女。

「嚙切丸是個暖男啊。對吧？長鱗片的。」

「有道是結緣、結緣，放著結起來的緣分不顧，可是會斷掉的。」

礦人道士靠在停下來的馬車上，拔起酒瓶的瓶塞牛飲。

「大白天就喝酒？」

妖精弓手立刻念了他一句，但礦人不喝酒哪還叫礦人。

「蠢蛋。這是燃料啦，燃料。舌頭不靈活的話，連咒文都念不出來。」

看他疑似是真心這麼想，在旁邊聽的女神官也忍不住苦笑。

「確實會口渴呢。明明是秋天，走一走馬上就出汗了。」

儘管知道這樣不太雅觀，女神官也拉開領子搧風。

還不到秋老虎的地步，不過夏天留下的熱氣依然強烈。

雖說冒險者的移動方式基本上就是走路，全身是汗還是很累人、很不舒服。

——她好厲害喔。

女神官遠遠看著與哥布林殺手交談的牧牛妹，突然這麼想。

活力十足，總是面帶笑容，明明牧場的工作應該也很辛苦。

她對哥布林殺手揮揮手，像在叫他不必顧慮自己。

想必她事先就知道他臨時要出遠門。

——假如自己跟那個人立場對調……？

她有辦法接受他一天到晚去剿滅哥布林嗎——……

「……不好意思。」

自馬車裡傳來的聲音，既客氣又有點猶豫不決。

女神官從車窗看進去，只見劍之聖女一副坐立不安的模樣。

她微微側過讓人聯想到成熟果實的肉體，靠到窗框上。

女神官不禁心跳加速。

「……請問，是在跟哪位說話呢？」

咦？女神官眨眨眼，立刻想通劍之聖女說的人是誰。是指他。

「那個，是哥布林殺手先生住的牧場家的女兒。」

「這樣呀……」

劍之聖女水嫩的紅脣間，流瀉出憂鬱的吐息。

「怎麼了嗎？」

「沒有……」她低下臉，搖了搖頭。「……沒什麼。」

「是嗎。」

女神官雖然很在意她，還是先將視線移開。

她體會過名為憧憬的情緒。她對那位美麗魔女抱持的情緒。

不過，對劍之聖女、偉大的大主教抱持的這種感情，又是什麼呢？

——跟尊敬有些不同。

想到在水之都，在浴場與她的對話及「蘇生(Resurrection)」的儀式，身體和腹部又快要燃起熱度。

——嗚。

女神官忽然回想起在床上的那一幕，急忙用力搖頭，以免臉頰發燙。

「好了。」

「啊，是！」

聽見大剌剌的腳步聲，女神官猛然抬頭。

她拿好錫杖，整理行囊，用手帕擦掉額頭的汗水，準備就緒。

「唔，那麼就啟程吧。」

以蜥蜴僧侶甩動韁繩的聲音為信號，馬車再度開始移動。

礦人道士從行囊中取出蘋果，邊走邊大口嚼著。

女神官見狀笑出聲來，晃著錫杖故意訓斥他：

「真是，小心午餐吃不下喔？」

「對礦人來說，這點量連塞牙縫都不夠。」

「啊，我也要！」

「拿去。」

礦人將蘋果扔給從駕駛座伸出手的妖精弓手。

她雙手接住蘋果，笑嘻嘻地用袖口擦拭外皮——

「呼啊……」

大概是被太陽晒得太舒服吧，接著忍不住伸了個懶腰，用指尖拭去淚水。

「要是沒有哥布林出現就好了。」

可惜，恐怕無法如她所願。

§

劈里啪啦——火焰燃燒的聲音，令劍之聖女醒了過來。

她坐起身，自己身在昏暗的馬車中，坐在座位上。

劍之聖女拿掉毯子，沒有吵醒睡在對面的侍女，摸索著拿起天秤劍。

然後穿好衣服，靜靜來到馬車外。

他們露宿在外。

太陽西沉，雙月升上天空，星辰閃爍。

這裡是街道上沒有雜草的一塊區域，僅僅用來給旅人過夜。

不曉得是旅人先在這裡露宿，還是露營地先設置出來。

本來該有間旅館才對，然而在怪物頻繁出現的時代，事情並沒有那麼簡單。
劍之聖女走向營地中央，衣服發出細微摩擦聲。
聽說沒有其他馬車停在這邊。那麼，顧營火的就是這支團隊的人。
在火光照耀下浮現的模糊黑影，正是劍之聖女作夢都會夢見的男人。
「……晚安？」
劍之聖女從背後輕聲打招呼，豐滿的臀部在他旁邊坐下。
之所以隔了一些距離，是因為她受不了靠得更近。
哥布林殺手的身影動了一下，被鐵盔遮住的臉轉向劍之聖女。
侍女說那頂鐵盔骯髒廉價。以前脫下它的時候，確實也是那樣的觸感。
「睡不著嗎。」
「那個……」
低沉、冰冷、平淡、無機質的聲音。
劍之聖女以手掩住嘴角，避免心臟從豐胸底下跳出來。
要說什麼？早就想好的話語轉眼間就消失不見。
簡直像寫信時，把廢棄的信紙揉成一團丟掉——劍之聖女心想。
「……在那之後，我不再失眠了。所以我想再次向您致謝……」
「妳現在不是醒著嗎。」

結果，她開啟的安全話題，被哥布林殺手一口反駁。

「那是——」

劍之聖女鼓起臉頰，噘起紅唇。

「……您真壞心。」

「是嗎？」

「是的。」

也不明白我的心意。

劍之聖女別過頭，眼帶下的雙眼卻偷偷望向他。

黑色身影一動也不動，凝視著火焰。

劍之聖女覺得，這副模樣有如一把等待時機出鞘的劍。

——在王都舉辦的會議是什麼，他應該一點興趣都沒有吧。

他的身邊是睡在睡袋裡，或是用毛毯裹住身體的冒險者們。

劍之聖女吁出一口氣。到頭來，她就只有這個話題。

「哥布林，沒有出現呢……」

「之後吧。」

哥布林殺手簡短地說，用長樹枝撥動木柴。

架好的木柴垮下，火粉揚起。

「武裝集團組隊保護的馬車。襲擊起來太費工。」

「……」

「今晚，或明天。」

劍之聖女再也說不出話。

身體深處彷彿被寒冰刺中，從體內開始凍結，令她發起抖來。

她將整把天秤劍抱在懷裡。黑暗自四面八方逼近。

就算不是她也無人可看透的黑暗中，有小鬼在。

窸窸窣窣，草葉像在跳舞似的，被風吹得搖來晃去。劍之聖女繃緊身子。

望向右邊。樹枝搖動的聲音。望向左邊。雜草隨風搖曳。鳥叫聲。野獸的叫聲。

腐爛的土味乘風而來。劈里啪啦，熊熊燃燒的火。樹枝燒焦的味道。

下流的笑聲在腦中迴盪，指著她，咧嘴大笑。火焰逼近眼前。

她瘋狂搖頭，不停叫著不要。意義不明的哀求。

紅色舌頭舔過白色的視野。含糊不清的哀號。腿間傳來像被火鉗插入的炙熱。

漫長的慘叫聲刺進耳中，是自己的聲音。靈魂及尊嚴遭到粉碎的、最後的——慟哭。

「去睡。」

低沉如鋼鐵的聲音響起。

是眼前的黑影發出的。

「閉上眼睛，張開天就亮了。」

「……您說得——」

劍之聖女用微弱的聲音說道，彷彿要調整不知不覺變得紊亂的呼吸。

「還真簡單。」

「我知道很難。」

哥布林殺手正經八百地接著說。

「小時候，我躺在床上測試過，眼睛要閉多久天才會亮。」

簡短的一句話，使劍之聖女微微揚起嘴角。

眼前的男人同樣有過那種時候，就如同自己也曾是純潔的少女。

劍之聖女沒有再出聲。到頭來，她想說的話一句都沒能說出口。

自己的事、他的事、牧場女孩的事、那位堅強的女神官的事。

大腦明明在運轉，舌頭卻在打顫，講不出話。

然而，身邊這個如影般的男人，正在為她默默看著營火。

——希望快點天亮。

——希望晚上持續得久一點。

雖然她同時也覺得……遺忘超過十年的這種情感，如今想起也是枉然。

劍之聖女把手肘撐在併攏的大腿上，「唉」托著臉頰吐出甜美憂鬱的氣息。

「……嗯……唔。」

正當她準備開口說些什麼。

其中一條毯子動來動去，女神官坐起上半身。

她揉著睜不開的眼睛，打了個哈欠，發出語意不詳的聲音。

——啊啊。

劍之聖女惋惜地嘆氣。聊天時間結束了。明明還要很久才會天亮。

女神官搖搖晃晃站起來，鍊甲已經脫下，只穿著神官服。

她踩著不穩的腳步，走向自己的行囊，彷彿走在寺院的走廊上。

打開行囊後，她才一副剛清醒的樣子「咦？」了一聲。

「大主教大人……？和，哥布林殺手先生？」

少女眨眨眼睛，疑惑地歪過頭。

視線在並肩而坐的兩人間遊移。

負責守夜的哥布林殺手也就算了，旁邊的劍之聖女到底是？

「……那個、請問，怎麼了嗎？」

「……」

哥布林殺手沉吟著，鐵盔慢慢轉向劍之聖女。

「醒來了。」

「請您別用這種把我當小孩子看的說法。」

這是今晚最後一次。劍之聖女下定決心，孩子氣地鼓起臉頰。

接著立刻──比女神官露出錯愕的表情更快──恢復成大主教的風範。

自己已經不是小女孩了。連年輕的處女都不是。也不是能全心全意傾慕他人的身分。

符合所有條件的，唯有眼前這名一臉不解的少女。

劍之聖女胸口為這個事實抽痛了一下，嘴角勾起淺笑。

「我只是有點睡不著……妳呢？」

「咦？啊，沒有。」女神官揮揮手。「我口渴，起來喝水……」

「是嗎。」

哥布林殺手隨手將從行囊取出的水袋扔過去。

「哇。」女神官急忙用雙手接住，低頭道謝：「不好意思。」

她拔起塞子，一口一口喝著水袋裡的水。

劍之聖女看著她──被遮住的視線突然移向空中。

「…………」

哥布林殺手沒有問她怎麼了。

他迅速檢查腰間的劍，扣好防具。

女神官見狀，瞬間繃緊神情。

「我去叫大家……！」

「別被發現。」

「是……！」

她拿起錫杖，假裝若無其事，繞了營地一圈。

每走一步，錫杖上的環就會發出類似鈴聲的聲音。

隨著聲音響起，剩下三條毯子動了。

最先靜靜起身的，是蜥蜴僧侶。

他從疊了好幾層的毯子下爬出，抖動僵硬的身體，立刻抓住龍牙。

「來了嗎。」

「……可能。喂，起床囉。」

回答他的是礦人道士。他半踢半推地搖晃妖精弓手的地鋪。

妖精弓手「唔——」、「啊——」發出意義不明的聲音，爬起來揉眼。

「……天還沒亮啦。」

「請快點準備，我也得穿上鍊甲……」

被女神官催促的妖精弓手說著「妳長大了呢——」拿好自己的弓。
她隨手抓起地上的蜘蛛，拉出蛛絲裝上弓弦。
確認所有人都在分頭做準備後，哥布林殺手站起身。
「回馬車裡。」
「咦……」劍之聖女抬頭看著他，粗糙的手抓住她的手臂。
「危險。」
然後不容反抗地一把將她拉起。
哥布林殺手大剌剌走向馬車，劍之聖女只得跟在後面。
以她的能力，要無視力量差距掙脫那隻手想必輕而易舉。然而——
——！
將柔嫩的手臂捏得變形的手指觸感，不允許她這麼做。
她很清楚現在不是這種時候。即使如此，依然難以抵抗。
劍之聖女喜悅地任由他拽著，在被推進馬車時不滿地「啊」了一聲。
「鎖好門，在這邊等。」
車門發出喀嚓聲關上。
劍之聖女癱坐在內，指尖撫上殘留些許紅色痕跡的手臂。
「……好的。我等您。」

微弱的聲音絕對傳不到門外。

然而，這是祈禱。對方聽不聽得見並不重要。

「唔……發生什麼事？」

睡眼惺忪的女官披著毯子，稍微坐起身詢問。

劍之聖女沒有回答，咬住下脣，把天秤劍拿到手邊。

「……」

敏銳的她已經感覺到外面的氣息。

她將天秤劍抱在豐滿的胸前，瑟瑟發抖，雙脣顫動。

「……哥布林，來了。」

——請一定要讓他們活下來。

劍之聖女用微弱的聲音呢喃，一心一意獻上祈禱。

她不知道除了祈禱以外，該如何與哥布林戰鬥。

§

「GOOROBOROGB！」

奇襲始於小鬼騎兵（Goblin Rider）的號令。

從草叢後面一口氣接近的狼，在踏出最後一步時高高躍起，襲向眾人。
哥布林殺手在轉身的同時，用盾砸向流出骯髒唾液的大嘴。
「GYAN⁉」
狼哀號著摔到營火旁，他踩爛牠的喉嚨，用劍刺穿摔下來的小鬼喉頭。
確認脊髓碎裂的狼癱軟下來，哥布林吐著血溺死後，迎接下一個敵人。
第二隻——整體上來說應該是第四、第五隻——已經從草叢後面飛奔而出。
「……嘖。」
哥布林殺手正準備拔劍，發現劍刃被肉卡住，咂舌。
他果斷放開劍柄，拿走從小鬼屍體手中掉落的棍棒，往旁邊敲去。
「GGBORORB⁉」
背骨斷裂聲有如枯枝被踩碎的聲音，狼在地上滾了好幾圈，飛得遠遠的。
摔下來的哥布林試圖爬起來時，哥布林殺手衝向他。
「GORGB⁉」
「這樣就，兩隻。」
棍棒直接命中頭頂，一顆眼珠和腦漿噴了出來，哥布林仰躺著斷氣。
哥布林殺手將棍棒扔向下一隻小鬼騎兵，拔出刺在屍體上的劍。
「別讓他們逃走。全部殺光。」

「……那個，怎麼想都不是我們該說的臺詞耶。」
妖精弓手咕噥著在馬車旁備戰。
營火照亮的營地，似乎已經被小鬼們包圍。
眼前是被哥布林殺手的棍棒打下來的哥布林，以及小鬼騎的狼。
「哼哼。」
妖精弓手從箭筒中抽出兩支箭，發射的速度快到令人懷疑她有沒有花時間瞄準目標。
先迅速射瞎狼的眼睛，再用剩下那支箭射穿緊逼而來的小鬼的喉嚨。
「GOROR!?」
「再來一發——」
她用修長的腿踢倒大聲慘叫的哥布林，將箭架在弦上，拉緊，射出。
貫穿黑夜的箭以異樣的角度描繪出弧線，靜靜射向馬車後方。
「GROBORB!?」
慘叫聲。哥布林按住插著箭的胸口，踉蹌著倒地。這樣就第二隻。
妖精弓手晃了下長耳。那隻哥布林拿著短槍，卻沒有騎狼。
「四面八方都有敵人的話，憑我們五個果然沒辦法連後面都顧到……礦人，肩膀借我一下！」

行動。

「哦？」

不曉得是單手拿著手斧、守在馬旁邊的礦人道士先回應，還是妖精弓手先採取

她踩著礦人道士的肩膀往上衝，動作輕盈得如一隻在樹枝間移動的小鳥。

「我從馬車上面支援，剩下就麻煩你們囉！」

「臭長耳丫頭！別用腳踢人啊，真是！」

礦人道士一邊嚷嚷，一邊用那符合礦人形象的強壯手臂揮動手斧。

「GBORROB!?」

一隻哥布林胸口像木柴似的被劈開，內臟四濺。

步行的哥布林跟在騎兵後面出現。數量約十到二十隻。

——原來如此，看這數量不管是馬車還是什麼，受到襲擊都會損失慘重。

小鬼們已經湧向營地。沒空集中施術。

礦人道士皺起眉，甩掉斧頭上的血，扯開嗓子吶喊：

「沒辦法……喂，小丫頭，這邊，到這邊來！危險啊！」

「啊，是，對不起……！」

找不到適當的位置，手拿錫杖警戒後方的女神官回道。

她一面牽制奸笑著靠近自己的哥布林，小跑步過去。

「哇!?」

之所以能反射性蹲下身，是宿命還是偶然？

撲過來想咬碎她柔嫩肌膚的狼，從頭上跳過，被礦人道士的斧頭砍死。

「GYAN!?」

「嘿咻。沒受傷吧!?」

「是、是的！我……沒事！不好意思。」

「沒啥沒啥，別在意！」

礦人道士踹飛不幸(Fumble)掉下狼背、摔斷脖子的小鬼，調整呼吸。

女神官緊靠在礦人道士旁邊，搜索他的身影。

——沒事，他在那裡。

穿著寒酸鎧甲的背影，在火光照耀下揮動武器。女神官吸了口氣，吐出。

「……比起神蹟，投石索(Sling)好像比較有效。」

「是啊。用《聖光》他們可能會逃掉……」

女神官點頭表示贊同，將錫杖靠在馬車上，抽出腰帶上的皮繩。

她用繩子纏住腳下的石頭，「嘿！」發出可愛的吆喝聲投擲。

黑夜中不好瞄準，石頭砸在小鬼腳邊彈開，不過——

「GROB!?」

「好，接招！」

小鬼停下腳步時，妖精弓手立刻射出一箭。

胸口被射穿的哥布林「咕嗚！」呻吟著癱倒在地。

「哈哈哈，多了援護射擊著實順手，甚好。話雖如此——……」

蜥蜴僧侶當然狀況絕佳。

他不停以爪爪牙尾攻擊，彷彿要溫暖被夜晚的寒意凍著的身體。

第一隻、第二隻小鬼被撕裂，第三隻被大嘴咬碎，扔飛出去。

屍體砸到地上時，粗如圓木的尾巴掃走後面的一隻哥布林。

合計殺掉四隻小鬼的蜥蜴僧侶大氣不喘一下，轉動兩顆眼珠。

「採取守勢，實在不符合貧僧的性情。」

「十一……同感。」

冒險者們大約已經殺掉一半哥布林，但仍然不可大意。

哥布林殺手從小鬼的喉嚨拔出短槍，射向正欲跳過營火的騎兵。

「GBORRO!?」

「既然如此……」

側腹被槍尖射中，從狼背上摔下來的小鬼，直接掉進火裡。

濃煙與灰燼竄起，活生生遭到烈火吞噬的小鬼慘叫聲傳遍四方。

哥布林哭著在地上打滾，想滅掉火焰。周圍的小鬼紛紛嘲笑他。

哥布林殺手踢走用槍刺死的哥布林屍體，搶走短劍。

「這樣就十二……能繞到外面嗎？」

「『辦不到』一詞，有點難用貧僧一族的語言表達啊。」

蜥蜴僧侶愉快地說，舔了舔鼻子。

牠的嘴扭曲成猙獰的形狀，兩隻大手互相摩擦。

「那麼，容貧僧暫時失陪。」

剛說完這句話，蜥蜴僧侶就靜靜衝進濃煙。

確認長鱗片的巨漢消失後，哥布林殺手自雜物袋中取出火把。

將沒點燃的火把扔進火勢減弱的營火，不讓火熄掉。

「GRRO!?」

接著拿盾牌制伏附近的一隻，短劍刺進延髓，踩過屍體衝上前。

目標是伙伴們——他還沒習慣自己有伙伴——所在的馬車。

「十三——四！」

哥布林殺手踹向阻擋在前方的哥布林的下顎，踢碎頭蓋骨，踏出最後一步。

大致觀察一下，三人都沒有受傷。哥布林殺手鬆了口氣。

「哥布林殺手先生！」

他對臉上綻放出笑容的女神官點頭，下達簡短的指令。

「做鐵砧。」

「咦？」表情僵硬、臉泛潮紅的是女神官，從上方大叫「啥!?」的是妖精弓手。

「喂，歐爾克博格，你喔……！」

「加強防線。」哥布林殺手徹底無視，果斷地說。「用『聖壁』。快。」

「啊、好、好的！」

女神官連忙拿好錫杖，哥布林殺手將她護在身後。

他用盾擋住小鬼的一擊，刺出短劍。瞄準心窩。

「GOROB!?」

「十五。剩八，其中三騎兵。」

小鬼發出空氣從肺部洩出的聲音，當場死亡，哥布林殺手將其踹倒，拔出短劍。

他甩掉黏稠的髒血，擺好架勢說道：

「……另一邊麻煩你。這邊由我來。」

「行！是說，我並非前鋒啊……」

礦人道士立即應聲，苦笑著扔下一句話，咚咚咚地跑到另一側。

儘管只有簡單的裝備，礦人終究是礦人。憑蠻力揮下的手斧，根本不把區區小鬼放在眼裡。

「……氣死我了！」

妖精弓手拉緊弓弦，氣呼呼甩動長耳。

「你等等要跟我道歉！」

「不懂妳在說什麼。」

哥布林殺手一副事不關己的態度。他究竟是明白，還是不明白？

——想必是不明白。

女神官如此心想，微微一笑。手掌撫過錫杖，將其舉起。

被誰——不，被他守護著的事實，比什麼都還要能令她靜下心來。

「『慈悲為懷的地母神呀，請以您的大地之力，保護脆弱的我等』！」

因此祈禱傳達到了天上，神聖的守護為馬車及一行人帶來不可視的力場。

「GOROROB！」

「GROBG！GROORBBGRB！」

那麼在小鬼眼中，會如何看待這群冒險者？

答案是，這樣正好。

他們嘲笑冒險者有一人撤離戰線，其他事一律沒注意到。

敵人變弱這一點很重要。小鬼們只覺得愚蠢的人類在做蠢事。

他們腦中只有一個想法——好了，要怎麼處置這群人。

要怎麼殺掉男人？當著女人的面殺掉他們好了。馬車裡也有女人。

也就是說，就算玩死幾個也還有剩。太棒了。

看到一隻哥布林奸笑著舔拭嘴邊，持杖的少女臉頰抽動。

在上面的傲慢森人也一樣，抓住她的腳拖下來的話，她會發出怎樣的叫聲？

期待及欲望不停膨脹。哥布林就是這種生物。

所以，等到木已成舟，他們依然不明白發生了什麼事。

「GOBRRRR……？」

最先察覺到的，是待在後面伺機而動的哥布林騎兵。

冰冷的腳步聲踩過雜草接近。是遲來的伙伴嗎？

哥布林騎兵抓著粗糙的皮製韁繩，轉身正想抱怨。

「GOROBBGB!?」

結果只來得及講出這句話，就噴血死在狼背上。

「GYAN!?」

「GOOR！GOBG！」

狼大聲慘叫，其他哥布林發現異狀。

一道、兩道、三道白影，從黑暗的另一側逼近——不，是骨頭!?

「『禽龍之祖角為爪，四足，二足，立地飛奔吧』！」

蜥蜴僧侶一下令，龍牙兵（Dragon Tooth Warrior）便發出無聲的咆哮，襲向哥布林。

他們想都沒想過，有一名冒險者混進營火的煙幕中，衝出了包圍網。

何況那名冒險者還向祖靈祈禱神蹟，增加兵力……！

「哎呀呀，這樣貧僧在抵達王都前，只能當塊看板囉，小鬼殺手兄。」

從身後逼近的龍牙兵，迫使小鬼們不得不上前。

然而，在前方等待他們的是神聖的守護「聖壁」。

以及拿著武器，鬥志高昂的冒險者們——

「要就這樣夾擊……壓死他們嗎？」

女神官雙手握緊錫杖，將注意力集中在維持神蹟上。

「沒錯。」

哥布林殺手鎮定地說，轉了下拿短劍的那隻手的手腕。

「哥布林就該全部殺光。」

他所說的結果成為事實，是天亮前的事。

§

屍橫遍野。
草原上到處都是狼跟小鬼的血肉與骨頭，朝陽將其抹上紅色。
女神官跪在地上劃了個聖印，靠著錫杖向地母神祈求鎮魂。
不是原不原諒哥布林的問題。死者都該享有平等的安寧。
「好了嗎。」
「啊，是的……」
女神官頻頻點頭，回應突如其來的聲音，急忙起身。
哥布林殺手不知道什麼時候拖著屍體，堆成一座山。
刺鼻的腐臭味傳來。
尚未習慣，然而從她開始冒險的那一刻起，哥布林汙垢與汗水的臭味便瀰漫在她身旁。
「請問，你打算做什麼呢？」
「幾個人？」
哥布林殺手沒有回答女神官，簡短地問，跪到屍堆旁邊。

「被這些傢伙幹掉的人數。」

「呃……」

女神官目光遊移，不知所措。

隔著玻璃窗望向他們的劍之聖女，在窗戶另一端用微弱的聲音告訴他：

「……記得是五、六人的團隊……」

「是嗎。」

哥布林殺手低聲回答，反手抽出短劍。

「……」

「怎、怎麼了嗎？」

「把窗戶關上。」

短短一句話，卻不容拒絕。

女神官雖然一頭霧水，還是聽他的話說了聲「不好意思」，關上窗戶，拉下外面的窗板。

剎那間，她瞥見劍之聖女蒼白的臉色。

——啊啊。

隨後理解了原因。雖然理解，女神官終究阻止不了他。

哥布林殺手揮下短劍，乾脆地刺進哥布林腹部。

「噁……」

鮮血噴出，一直在馬車車頂戒備的妖精弓手立刻皺眉。

雖說她是獵兵、獵師，目睹這個畫面也會不舒服吧。

和剝去動物的皮、取出內臟放血的等級不同。

「……欸，歐爾克博格，你在幹麼？」

「確認。」

被小鬼髒血弄得滿身汙穢的他還是老樣子，回答得不清不楚。

妖精弓手露出疲憊的表情甩甩手，移開視線，長耳垂下。

「啊——算了，隨便你……」

「看來明天吃不下肉囉。」

礦人道士悠哉地摸著肚子，雙眼卻盯著周圍，絲毫沒有大意。

團隊的前鋒在忙，多警戒點不會有壞處。

只不過……

「……」

唯有女神官緊咬下脣，面對哥布林的屍體。

「小鬼殺手兄，貧僧助你一臂之力。」

「有勞。」

蜥蜴僧侶上前拔出龍牙小刀，幫忙解體。
他的動作粗魯歸粗魯，卻很熟練，加快不少速度。
「呣。」
解剖完哥布林，哥布林殺手將胃裡的東西拉出來，低聲沉吟。
接著他割開狼的腹部，將快要融化的內容物拖到草原上。
「唔、嗯……」
女神官終於無法忍受，鐵青著臉蹲下。
融化到一半的四肢、胸部、纏在一起的頭髮。
「數量不夠。」
漱口。他將水袋遞給女神官，女神官用雙手接過。
她努力喝下裡頭的水，水滴自嘴角滑落。
哥布林殺手沒有看她，專注思考四肢的數量。雖然沒辦法全湊成左右一對。
「……怎麼看？」
「這個嘛……」
蜥蜴僧侶也蹲在沾滿胃液的肉塊旁，用牙刀的刀尖戳。
「與狼的飼料一起保存在其他地點……哎，可能性應該不高。」
「嗯。他們是流浪部族。存糧應該也會帶在身上。」

「……我沒看到他們帶行李喔。」

——這個人真的是。

馬車車頂的妖精弓手看都不看下方一眼，補充道。

雖然剛認識時，自己就曾看他對哥布林開腸剖肚而嚇到……

妖精弓手嘆著氣搖動長耳，甩了甩手。

「遠方也看不出有放物資。」

「意思是……」

礦人道士皺眉望向被剖開的屍體。

六人團隊。量多到足以吃光他們的哥布林。以及狼群。

「……也就是說……還有其他的嗎。」

沒有人回應女神官的喃喃自語。

§

「哇……」

女神官下意識驚呼，興奮地抬頭仰望。

離開邊境鎮的數日後，他們在街道上前行，終於抵達這座城市。

來到王都附近後，街道旁邊開始出現農田，陣陣微風從河川對岸吹來。

它位於可以俯瞰此景的別墅的紅褐色屋頂對面。

在遠方的街道都能看見的城牆，如今聳立於她面前。

白堊大理石蓋成的巨大城門。

高度會讓人看得脖子痠。城牆的陰影會不會把街道整個覆蓋住？

城牆給人的印象比外表看來還強烈，令女神官不禁這麼想。

由刻著美麗花紋的石壁支撐住的城牆，沒有用到魔法的力量。

憑藉人類的技術、人類的智慧、人類的力量，蓋出如此壯觀的建築，正因如此才讓人吃驚。

歷經風雨、戰火的摧殘，換過無數次的主人，過了數千年依然健在。

儘管她早就聽說過，卻是現在才真正親眼看到。

她的世界只有寺院、邊境鎮、曠野，頂多再加上水之都。

不過，這座城門比邊境鎮的大門、水之都的城門更加巨大，以及古老。

城市的大門從遙遠的古代留存至今，象徵有言語者的歷史。

「好厲害……！」

此等壯景將昨晚的陰鬱拭去，女神官臉上漾起笑容。

「這座城門年紀大概比我還大。」

在馬車車頂上仰望城門的妖精弓手，在大門的影子中晃動長耳。

嫩綠色的眼睛閃閃發光，果然是基於好奇心吧。

看到未曾看過的事物，為何會令人如此雀躍？

「欸，在牆壁周圍晃來晃去的人在幹麼？」

「城牆這東西」礦人道士低聲回應。「即為守備的關鍵，城鎮的驕傲。」

故不能疏於保養及清掃。礦人道士無奈地抬頭望向車頂：

「長耳丫頭啊，妳很中意那位子？」

「哎呀，因為需要警戒四面八方嘛？對不對，歐爾克博格？」

念著「賺到賺到」，不必人擠人而心情大好的她，低頭看著骯髒的鐵盔。

「對。」

他——哥布林殺手攤開手中的皮，四處張望。

是從昨晚殺掉的小鬼身上——妖精弓手與女神官的臉當然垮了下來——剝下的皮。

「……嗯。為什麼要剝掉那玩意？」

「說不定還有這個部族的倖存者，或是率領他們的傢伙。」

「畫在其他東西上不就得了？」

「我想要準確的樣本。」

粗糙的護手沿著皮上線條具規律性的刺青描繪。
他輕輕點頭，將皮捲起來塞進雜物袋。
「看起來像手，但還無法判斷。」鐵盔晃了一下。「很稀奇嗎。」
「啊，是的。」女神官坦率地點頭。「人真的好多……！」
她左顧右盼，一副快要跳起來的模樣。
「小心走散。」
「我、我知道啦……我知道的喔？」
被當成小孩看待，導致她有點難為情，一面提醒自己，一面用錫杖撐著地面走路。
邊走邊顧著馬車的她，腳邊傳來清脆的喀喀聲。
土壤裸露的街道，不知何時變成了石板地。
愈接近王都，行人也愈來愈多，現在已經擠得水洩不通。
城門絕對不小，不如說十分巨大，人們卻推擠著進出。
人多到分不清男女老幼、貧富種族、職業國家，人聲嘈雜。
也有幾輛馬車開過去，商人抱著籃子，在人群中走動，兜售水和水果。
行人們穿著色彩斑斕的衣服，進進出出，畫面有如萬花筒或鑲嵌畫。
傳入耳中的各種語言聽起來很悅耳，如同歌聲。

「是在舉辦祭典……還是有其他活動嗎？」

「一直都這樣。」

女神官一臉不敢置信，劍之聖女打開馬車窗戶，笑道：

「既是一國之都，人潮自然會多……」

「衝突也必然增加，這種時候就給了冒險者大展拳腳的機會。」

握著轠繩的蜥蜴僧侶，愉快地轉動眼珠子。

能操控馬車在人潮中慢慢駛向城門的技術，只能以精湛一詞形容。

「然而以天性來說，貧僧不太擅長在街道的影子底下（shadowrun）狂奔吶。」

「我倒認為長鱗片的很適合當保鑣。」

走在馬車旁的礦人道士張嘴大笑。

看似會被人潮沖走的他，腳步其實並沒有那麼不靈活。

礦人道士抬頭望向哥布林殺手的鐵盔：

「在這種大城市沒有剿滅小鬼的委託可接，嚙切丸也會很無聊吧。」

「未必沒有。」

「這樣喔。」

哥布林殺手冷淡回應。

礦人道士無奈地應聲，與哥布林殺手一同面向前方。

和邊境鎮這塊開拓地與水之都不同，城門有士兵在盤查。
出城、進城都得花些時間辦理手續，想必就是人潮堵塞的原因吧。
初秋的陽光下，隊伍緩慢前進，礦人道士瞪著最前方：
「看來還有得等。」
他聳聳肩，從錢袋裡拿出硬幣，鑽進人潮。
沒多久，礦人道士拿了幾只小瓶子回來，將其中一只扔給車頂上的妖精弓手。
「喏。在這邊空等太無聊了。」
「哇，謝謝……這是什麼？」
她接過瓶子一看，小玻璃瓶裡裝著淡紫色的液體。
輕輕晃了幾下，液體是黏稠狀的，打開塞子，甘甜香氣便從瓶中飄出。
「這叫沙帕。葡萄之類的水果用鉛和青銅做的鍋子煮過，味道會變甜。」
「哦……」
妖精弓手將鼻子湊到瓶口聞了幾下，「唔——」搖搖頭。
「……有金屬味，我就算了。」
「妳就是因為挑食才會長成鐵砧。」
妖精弓手「哅」地噘起嘴巴，碰都沒碰那瓶飲料，塞回給礦人道士。
由於瓶塞被她拔掉，飲料差點灑出來，礦人道士著急地接過。

他瞪著頭上的森人，兩口就把飲料喝光。

「真是，明明很美味。」

「那、那個，鉛不是對身體不好嗎……」

看不下去的女神官連忙提醒，上方傳來妖精弓手的笑聲。

「沒問題啦，礦人的身體本來就很粗糙。」

「給我說強壯啊，強壯。」

礦人道士打了個嗝，擦掉滴到鬍子上的飲料。

控制馬匹快步行走的蜥蜴僧侶低頭看著此情此景，眼珠子一轉：

「敢問有無其他飲品？」

「啊——……」礦人道士挑起抱在胸前的瓶子。「波斯卡喝嗎？」

「波斯卡啊。」

「噢。」馬車窗邊的劍之聖女微笑著說。「是醋，對吧。」

「唉呦，您知道？」

「我以前也當過冒險者。」

波斯卡是放太久酸味變重——不如說變成醋的葡萄酒，兌水調成的飲料。

裡面還加了蜂蜜，因此味道酸酸甜甜，保存期限又長，很受造訪王都的冒險者

歡迎。

「那麼，您要不要也來一瓶？」
「可以嗎？」
「當然當然。」
劍之聖女微微揚起嘴角。
她雙手接過從窗戶遞過來的瓶子，輕撫般捏住瓶塞，拔開。
接著咕嘟咕嘟喝下瓶中液體，「呼……」發出性感的吐息聲。
「傷腦筋……您這樣太不雅觀！」
「有什麼關係嘛……」
劍之聖女擦掉嘴脣上的飲料，鬧脾氣似的回應女官。
接著露出有如女童的天真微笑，向窗外低頭道謝。
「謝謝你……非常美味。」
「喜歡就好。」
礦人道士咧嘴一笑，「拿去」得意地將飲料發給同伴。
女性組說著「哇，酸酸甜甜的」、「結果就是葡萄汁嘛」，面帶笑容。
沒有女孩不愛甜食——這個道理顯而易見。
哥布林殺手也接過瓶子，默默打開喝了一口。
無論喝酒或吃飯，他大多都是這樣，所以誰也不會介意。

只有女神官露出彷彿在說「拿你沒辦法」的微笑。

礦人道士接著將瓶子遞給蜥蜴僧侶，他揮動大掌回絕。

「貧僧就免了。相較於口渴，貧僧更覺得飢餓。」

「食物啊……」

礦人道士捻鬚沉思，望向排到城門前的隊伍。

時間已到下午，太陽往西方沉下。

即使有賣便當的人，這麼晚也沒東西可買吧。

若是如此，進城後再找食堂肯定比較好。

「聽說乳酪在都城裡賣得不錯咧。」

「哦。」出聲的是默默聽其他人聊天的哥布林殺手。

他靈巧地從鐵盔縫隙間含住瓶口，一口接一口，喝得一乾二淨。

「那真是好消息。」

那副一本正經的語氣與模樣，令全員笑出聲來。

連馬車裡的女官都優雅地掩嘴笑著。

只有劍之聖女沒在笑。

她握緊放在大腿上的天秤劍。

「怎麼了嗎？」

「沒有……」

女官這一問，劍之聖女才猛然回神，搖搖頭。

「……我沒事。」

「沒事就好。」

劍之聖女將視線移離開窗戶，盯著馬車車頂，「唉」苦惱地嘆息。

──本以為自己心中的少女情懷，早就已經枯萎了。

「……真的好難喔。」

就在這時。

劍之聖女移動視線，馬車上的妖精弓手耳朵抖了一下。

自遠方接近的車輪聲。士兵的聲音。群眾的嚷嚷聲，城門前的隊伍分成兩排。

從人群間駛來的，是豪華的雙駕馬車。

車身上刻著的金色獅子紋章乃王家之證。

馬匹自然也毫不遜色。是肌肉發達、英氣煥發的名馬。

加上圍在周遭的層層士兵、騎士身上的閃亮鎧甲！

高級的金屬鎧甲及頭盔、長槍、長劍，不是小孩都會為他們勇猛的姿態看得出神。

跟不得不長途跋涉而來的冒險者，在各種意義上截然不同。

「哇……」

難怪女神官目瞪口呆地讚嘆。

「妳今天一直是這個反應耶。」

妖精弓手不禁失笑。

「原來就是那東西害大家排這麼久！」

她的表情立刻變了，撐著頰鬧起脾氣，還碎碎念道「乾脆射幾箭過去」，女神官急忙揮下錫杖。

「不、不能做這種事啦……！」

「我知道。」妖精弓手嗤之以鼻。「那輛馬車八成有用一堆防禦法術保護。」

──意思是沒有的話，妳就會動手嗎……

反覆無常的森人無視臉頰抽動的女神官，接著說：

「話說回來，國王之前不在王都呀。不曉得有什麼事？」

「稅。」

答案簡單明瞭。

哥布林殺手像在自言自語般，低聲回答妖精弓手的疑問。

「現在是收成的時期。沒有代官的地方，或可能發生叛亂的地方，國王會親自前去。」

「哦——你怎麼這麼清楚？」

「我以前住農村。」

咦？發出聲音的，不曉得是女神官還是劍之聖女。

她們在腦中想像這名穿戴骯髒鐵盔、廉價皮甲的男人下田的模樣。

——啊，不過，他好像有在牧場幫忙……

女神官食指抵在脣上思考著，點頭說道：

「沒問題，我覺得很適合！」

「是嗎。」

國王的馬車穿過城門後，士兵們的表情也略為放鬆。

似乎是解除警戒狀態了，等待通行的隊伍也前進得比剛才快。

「是說。」

妖精弓手在終於往前移動的馬車上吹風，瞇起眼睛開口。

「那輛馬車好豪華喔，竟然還派軍隊護送。」

「總不能讓國王搭廉價的馬車獨自外出吧。」

回話的是用一雙短腿走路的礦人道士。

他是礦人，對於裝飾品當然有獨到的見解。

他捻著又長又白的鬍鬚，一臉內行地點了下頭。

「與其說奢侈，那算是必要經費。」

「這樣啊？」

「想像一下妳那邊的村長穿著破衣，抱著腿坐在枯樹洞裡，如何？」

「……」妖精弓手想像那個畫面，垂下長耳。「……有點難看。」

「然後那傢伙自己一個人晃過來，叫妳繳稅給他。」

「我會一拳把他揍飛。」

「就是這樣。打扮得光鮮亮麗也是他的工作啦。」

女神官感慨地嘆息。

「大人物真辛苦。」

事實上，她也在神殿看過神官長工作，還曾經在祭典上擔任舞者，雖說只是暫時的。

一想到國王背負著更加重大的責任及工作，就覺得很驚人。

——不過，這邊也有位大人物呢。

她瞄向旁邊的馬車窗戶。

劍之聖女仍然掛著淺笑，性感的身軀靠著座椅。

不知為何，從她臉上看不太出情緒。

——明明不是哥布林殺手先生。

「當國王好麻煩——」

「妳是公主吧。」

無憂無慮的妖精弓手在車頂上舉起手大喊，回嘴的是礦人道士。

來到王都依舊一如往常的對話，能讓女神官分散注意力。

她輕笑出聲，蜥蜴僧侶愉悅地轉動眼珠。

「貧僧等人這種冒險者集團，領的也是稅金吶。」

他的語氣輕快卻莊重，宛如在講道的祭司。

「若不納入組織，冒險者便與流氓無異。」

對此只有感謝——他的意思是這樣。

原來如此，蜥蜴僧侶不僅外貌駭人，蜥蜴人（Lizardman）之中也有染上混沌的部族。

正因為是接近不祈禱者（Non-Prayer）的種族，他過得或許比一般人更辛苦些。

「只要別徵收長耳稅就好。」

妖精弓手哼了一聲，嘀咕著「課稅是可以啦」補上一句冗句。

她像要故意給人看似的抖動長耳，然後瞇眼笑道：

「還有——水桶體型稅之類的？」

「哈！課這種稅會引發暴動的，暴動。」

「安靜。」哥布林殺手打斷兩人。「城門到了。」

噢？女神官歪過頭。他難得為哥布林以外的事警告別人。

一靠近城牆，就看見周圍有道又寬又深的壕溝。

混沌大軍攻來的話，能在他們被壕溝絆住時從城牆縫隙間射箭攻擊。

城門前架著用鍊子繫住、從城牆放下的橋，可以經由那座橋進城。

「停下！出示身分證。」

進城前當然被叫住了。

蜥蜴僧侶拉緊韁繩停下馬車，巨大身軀慢慢從駕駛座下來。

鎧甲磨得閃閃發光的士兵，單手拿著長槍擋在前面。

一眼就看得出裝備比路上的冒險者更好。

——也是，畢竟他們要時常處於備戰狀態。

心情好再去戰鬥即可的冒險者，與隨時都要警戒意外狀況的士兵不同。

女神官從領口拉出用鍊子繫住的識別牌。

「這樣可以嗎？」

一般旅人會拿通行手印，或行商公會的證明吧。

但冒險者是例外。只要出示識別牌即可。

士兵瞥了一眼，問她「會寫字嗎？」女神官輕輕點頭。

她初次接受這樣的審查，也會緊張，不過還是忍不住感到好奇。

士兵取出一本厚重的冊子，上面大略寫著人名與滯留目的。

「在這邊寫上姓名跟目的。」

「啊，好的。呃……寫擔任護衛可以嗎？」

「如果你們是冒險者的話。」

女神官納悶地問，借來羽毛筆與墨水瓶，笨拙卻仔細地寫下文字。

一座城市到達王都這個規模，出入人數多得根本無從想像。

而這些全都靠人力來管理……難怪軍隊得吃那麼多稅金。

「還有礦人、森人…………蜥蜴人嗎。」

「正是。」蜥蜴僧侶以奇妙的手勢合掌。

「貧僧的名字不好發音，沒關係嗎？」

「無所謂……異種族和部族並不罕見。」

「那麼，失禮了。」

「請用。」

蜥蜴僧侶伸出堅硬的鱗片手，女神官笑著將筆及名冊讓給他。

他書寫的動作莫名熟練，妖精弓手探頭看著他的手，搖晃長耳：

「那下一個換我囉！我還可以幫忙寫礦人的份！」

「妳是小孩子嗎。」

礦人道士一臉無奈，卻默默看著森人特有的美麗字跡寫下自己的名字。

一行人按照順序接受審查。

士兵們沒有特別刁難他們，或許是習慣亞人種奇妙的行為了。

不，說不定冒險者不正常的時候還比正常時多。

然而，士兵們的視線停在裝備骯髒、看起來像新手冒險者的男子身上。

「……你又是？」

「冒險者。」

哥布林殺手簡短回答，從懷裡取出識別牌扔給士兵。

比起自己說明，直接給對方看更快。他已經放棄……不對，想通了。

士兵在空中抓住識別牌，像在對待可疑之物般檢查起來。

手勢跟調查假錢時一樣，女神官心想「如果那是金幣，他應該會咬下去」。

「……不會是騙人的吧。」

「公會認可的。」

即使對方用懷疑的眼神看著自己，哥布林殺手依然只講重點。

士兵們面面相覷，壓低音量討論該如何是好。

「你是不是闇人（Dark Elf）？」

「不。」哥布林殺手打開鐵盔的面罩。「同行者裡面不是有森人嗎。」

「也對，那個森人女孩不像有抹白粉或戴假耳朵。」
——拿這人沒轍。
女神官嘆了口氣。往旁邊一看，妖精弓手也無奈地聳肩。
假如他態度再好一點——這樣想是否太雞婆？
——不，就讓她雞婆一下子吧。
她如此心想，站上前正準備開口。
「我以至高神的聖名擔保。」
妖豔的聲音介入其中。
是從馬車車窗傳來的，不只女神官，士兵們也睜大眼睛。
「他確實是銀等級的冒險者。」
「大、大主教大人……！」
劍之聖女靠在窗框上，美麗柔軟的身軀壓得變了形。
士兵們下意識吞了口口水，挺直背脊，可謂極其自然的反應。
在她那雙——失明的——眼睛的注視下，被她投以微笑，世上可有不會緊張的男人？
「失、失禮了。請通過！」
劍之聖女笑著點頭致意，心裡卻在嘆氣。

女神官也隱約理解她的心情。

——雖說權勢即力量，太過頭也不好……

然而，從劍之聖女臉上絲毫看不出那種想法。

纖細美麗的手臂從車窗伸向士兵。

「手續還是要辦的吧？可以把名冊給我嗎？」

「是、是的，立刻！——喂，你快點寫……！」

「嗯。」

被士兵催促的哥布林殺手拿起筆，在名冊上寫下字。

無緣無故噘起嘴巴的女神官探出頭，看見一串鬼畫符躍於紙上。

費盡心力才看得懂的文字，令她莫名感到親切。

「這樣可以嗎？」

「可、可以……！」

士兵接過名冊，急忙送到馬車窗邊。

劍之聖女略顯遲疑地翻頁，女官在一旁協助。

女神官側目看著這一幕，不經意望向旁邊，哥布林殺手杵在原地。

他呆呆地——沒錯，呆呆地！——仰望格外高大的城門。

「……怎麼了嗎？」

「沒有。」

女神官從下方觀察他，哥布林殺手緩緩搖頭。

「我在想，是王都。」

「噢……」

女神官也跟著抬頭。城門又大又高，害人看得脖子痠痛。

「……我第一次來。哥布林殺手先生也是嗎？」

「對。」他咕噥道，接著說：「真想帶姊姊來一次。」

女神官覺得心裡流過一股暖流。這股暖流讓她露出笑容。

「總有一天，一定有機會的。」

哥布林殺手陷入片刻的沉默，緩慢點頭。

「但願如此。」

不久後，手續全部順利辦完。

哥布林殺手穿過大門，踏進王都。

間章

「調皮女孩想去冒險的故事」

「真是，哥哥太過分了！」

少女跳到床上，憤怒地拍打被子。

「自己東跑西跑，卻叫我不要出門！」

「沒辦法，那是工作。」

「可是，聽說火石從天上掉到山裡……」

「人家不是跟妳說過，這件事不可以亂講嗎？」

負責照顧她的友人兼傭人，露出困擾的神情。

每當自己抱怨忙得四處奔波的哥哥時，她都是這種表情。

實際上的雇主不是自己，而是哥哥，所以對她耍任性會得到這樣的反應也很正常。

理智上理解，但不能接受。人心就是這樣。

「哥哥以前也是冒險者，卻強烈反對我去當冒險者。」

Goblin Slayer

He does not let anyone roll the dice.

「因為他很清楚當冒險者的好處、壞處和辛苦之處。」
又不是要結婚。少女鼓起臉頰，望向窗外。
路上行人很多，從中午就充滿活力。
來自各種地區的各種人種，基於各種目的前來，各自走在路上。
那是被關在這樣的房間中生活的她，絕對無法獲得的。
「真好……」
「妳這麼想到外面？」
「這還用說。」
少女一副理所當然的口吻，躺到床上。
「外面不是只有好事喔。」
友人的話語也傳不進她耳中。
她瞪著天花板，腦袋裡接連想出荒誕無稽的計畫。
聽說住在市內的年輕女孩，絕對會離家出走一次。
那她也可以離家出走，直接去當冒險者吧？
——乾脆踹破牆壁算了。雖然我踹不破。
誰都妄想過這麼一次。
當然，大部分的人都沒有付諸實行。

因為他們知道，採取行動後失敗，因而大吃苦頭的人更多。

然而只有實際行動的人，能得到成功。

無法判斷骰子的點數是宿命還偶然，只能擲出去再說。

只有不擲出骰子的人會講這種大道理——她是這樣想的。

至於現在，她連擲骰的資格都沒有。她無法接受。

——沒錯，不要擅自幫我決定。

不要擅自幫我決定將來、未來、世界、一切的事。

她遲早也會跟人訂下婚約，然後結婚吧。

考慮到自己的身分，這是無法避免的。她明白。

——可是，我什麼都沒看過。

聽說世上充滿哥布林。

她透過詩歌得知，邊境的勇士在吹著暴風雪的孤山，從小鬼的城塞救出受困的少女。

國王、大臣、宮廷魔法師、將軍都知道，卻什麼也不做。

——一定是因為他們沒看過。

哥哥以前也是冒險者，但他不願多講自己的冒險故事。

肯定是被隊友保護得好好的，或是沒什麼值得一提的經歷。

他對小鬼肯定一無所知。

「嗯……對呀。」

沒親眼看過，所以不能決定。

必須親眼見證，自己下決定。

儘管骰子是由神擲出的，唯有要做什麼的意志，是屬於自己的。

「……欸，我記得你哥是行商對吧？」

「是的。是我堂哥。他一早就會在城門開的時候出去，做完生意才回來。」

友人輕易地告訴她，八成是覺得反覆無常的少女心思已經飛到其他事上了。

「這樣呀。」少女在床上抱起胳膊。思緒如同泡沫般不斷冒出。

這時，友人突然「哎呀」一聲，視線落到窗外。

「怎麼了？」

「好像回來了。」

「真的!?」

「是，馬車就停在外面。」她話還沒說完，少女便跳下床鋪。

將叫她換上別套衣服的友人甩在後頭，一溜煙衝出房間。

與她擦身而過的傭人紛紛瞪大眼睛，納悶發生什麼事，看見少女的身影便嘆了口氣。

© Noboru Kannatuki

少女徹底無視其他人，衝向門口，直接撲過去。

「哥哥，你回來了！」

——這樣他肯定想不到我今晚要離家出走。

打著這樣的如意算盤。

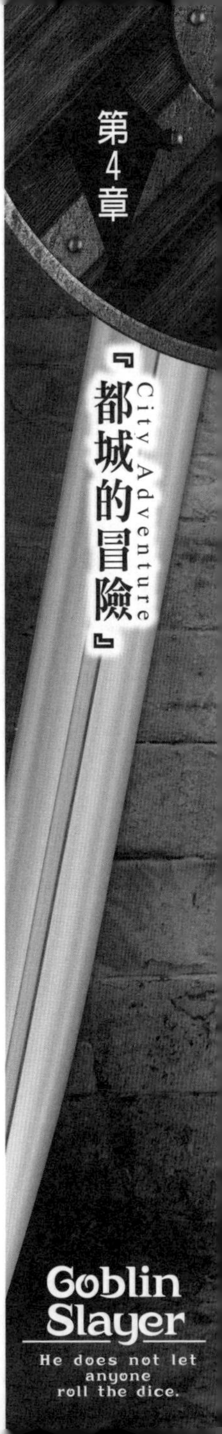
第4章
『都城的冒險』
City Adventure
Goblin Slayer
He does not let anyone roll the dice.

穿過設置在城內的三道巨大閘門後，眼前景象熱鬧得令人頭暈目眩。

首先映入眼簾的是田園風景，大概是城牆蓋好前就存在的。

這裡頂多只有用來送水的水道橋，長長延伸出去，與冒煙的巨大建築物連接在一起。

然而與悠閒的景致成反比，大部分的地方人都挺多的。

腳下的街道很快就變成石板地，被歷史悠久的街景吞沒。

人們如洪水似的走在路上。

交談聲、涼鞋踩在石板地上的聲音，有如樂團演奏般迴盪著。

「真、真的沒在辦祭典嗎……？」

瞬息萬變的景色與行人，看得女神官目瞪口呆。

「普遍都是這種情況吧？」

妖精弓手笑著搖晃長耳。

「凡人(Hume)的城市都很熱鬧，在這種意義上，我早就習慣了。」
她不自在地扭動了一下身體。
「我反而覺得……這裡比其他城市還要狹窄。」
實際上確實如此。
城門前自不用說，城內的人也多到數不清。
行人在路上互相推擠，由於他們穿著符合時尚潮流的服裝，人流看起來像一條有顏色的河。
聳立於石板路兩側的，是勉強在自古以來的建築物上不斷加蓋、改建的房子。
雖說沒有天花板，但硬擠進城牆內的無數街道，讓人聯想到迷宮。
這座城市的歷史長達數千年，跟遺跡或許也沒有太大的區別。
「呦，幾位小哥。需要帶路嗎？」
駝背的老翁手拿老舊的油燈走過來。
是大都市會有的嚮導。
儘管有魔法學徒幫忙點燃街燈，依然有許多小巷照不到光。
「晚上不會影響我們視物。」
女神官還沒開口，哥布林殺手就先回答了。
嚮導眨眨眼睛，望向森人、礦人、蜥蜴人，笑道：

「我想也是，失禮了。若有需要，歡迎隨時吩咐……」

老翁露出諂媚的笑，一步步走進黑暗。

「凡人（Hume）真不方便。他們看不見暗處對吧？」

妖精弓手注視著他的背影說。

「這樣要怎麼做生意？」

「這種時候，大概會換成帶客人觀光唄。」

饒富興致看著他們交談的礦人道士立刻想到答案。

「就算晚上看得見，在不熟的地方還是會迷路。」

「那麼，大主教閣下。今後有何計畫？」

蜥蜴僧侶操縱馬車，在數千年間於石板地留下的車轍上行駛，轉動長脖子。

「這個嘛。」馬車裡的劍之聖女慢慢歪頭。

「我想請幾位載我到神殿，不過各位來過王都嗎？」

「說來慚愧，貧僧乃初來乍到。」

蜥蜴僧侶轉動眼珠，愉快地抬起下巴。

「其他人恐怕也未曾造訪此處。」

「那麼，可不可以照我說的路線前進？」

劍之聖女語帶興奮，坐在旁邊的女官開口勸戒她。

「大主教大人，您不需要親自做這種事……」

劍之聖女嘴角揚起豔麗的微笑。

「因為王都雖然每條街道都有名字，卻沒有路標嘛。根本沒為旅人著想。」

輕笑聲自劍之聖女的喉間傳來。

「所以我可以幫忙帶路，這沒什麼不好的。」

一行人圍在沿車轍行駛的馬車旁，悠哉地走在路上。

在失明的劍之聖女引導下，他們迷路的機率微乎其微。

傍晚，天空染上淡紫色，街上擠得水洩不通。

他們因為有馬車，可以走在石板路的正中央，若非如此，八成會被壓扁。

居民一副這裡是自己家的態度——雖然這也是當然的——旅人們也沒空顧慮其他人。

街區被城牆與建築物包圍住，導致空氣有點混濁，陽光照不進巷子。

甚至給人一種感覺，假如在暗處迷路，就再也出不來了。

然而——……

不少房屋都飄出炊煙，以及晚餐的香味。

收工跑去酒館或歡場的男人。以他們為目標拉客的女人。

天剛黑就喝起酒來的老人們，隨便找了張屋簷下的折凳坐，開啟一局較量。

將金屬製劍士棋子放到直線排列的格子上，洗牌，一下拉近距離，一下拉開距離。

望向一旁，孩子們也在路邊嬉笑著玩紙牌。

拿畫格子的圓陣當鬥技場，用小石頭代替戰車比賽。

按照紙牌上的數字移動石頭，不時傳來「國王陛下萬歲——！」的呼聲，似乎是遊戲規則規定每一輪要喊一次。

可惜時間到了。聽見母親的呼喚，孩子們便嚷嚷著跑回家。

老人們用眼角餘光目送他們跑走，咧嘴一笑，繼續下一局遊戲。

先贏五局就能讓對方請喝酒，自然不能輸。

此外，還有商人在叫賣遠見水晶球，說是從異國帶回來的商品。

男人們喊著夜晚才剛開始，聚在一起飲酒作樂，他的鐵盔也隨之移動。

「……」

女神官不知為何覺得有點高興，瞇起眼睛。

她喜歡這種日常生活的味道。

喜歡午後到太陽完全下山這段短暫期間的味道。

無論是村莊、小鎮或都城，想必都不會改變。

她在平坦的胸中對地母神獻上祈禱與聖句，踏著輕快步伐走向神殿。

生平第一次來到的城市。

就算無法融入，肯定也不會討厭。

她四處張望的眼睛，停在某一點上。

披著黑色斗篷的學徒們，正在用手杖為街燈點火。

女神官眨了眨眼，咬住嘴脣，默默加快腳步跟上其他人。

§

神殿——主宰律法與秩序的至高神的聖堂，與其他諸神的神殿位在同一區塊。

比邊境的地母神寺院莊嚴許多，但遜於水之都的神殿。

建築物很大，訪客也多，就連現在都有許多人為司法而來。

即使如此，豪華度依然比不過其他神殿，是因為裝飾品一類都被徹底去除了吧。

白石圓柱聳立、三角屋頂上掛著天秤劍的聖印……僅此而已的建築物。

好聽點是樸實無華，說白了就是不起眼又無趣。

「因為在王都裡，這只不過是眾多神殿其中之一。」

劍之聖女說，妖精弓手咕噥道：

「是這樣嗎？我還以為英雄大人的神肯定會被伺候得好好的。」

「畢竟水之都才是我的定居地。」

車門開啟，劍之聖女讓女官牽著手，踩到石板地上。

雖說有天秤劍代替拐杖，但她的動作沒有一絲不穩，實在很厲害。

「大主教大人！」

「歡迎蒞臨，您辛苦了！」

侍祭聽見馬車的聲音，跑出神殿迎接。

少年少女侍祭的雙眼閃耀光芒，儼然是看見英雄的孩童。

「謝謝。」

劍之聖女微笑著輕聲道謝。

蜥蜴僧侶把韁繩交給激動不已的侍祭們，從駕駛座下來。

「人已平安送達……旅館該如何是好？」

「請各位住在神殿吧。」

女官已經俐落地將行李卸下馬車，重得直喘氣。

蜥蜴僧侶從她手中拎過行李，輕輕放下。

女官「哎呀」張大眼，接著瞇起眼睛道謝。

「裡頭有好幾間客房，請務必在此留宿。」

「唔。貧僧認為該接受這份心意，各位意下如何？」

女神官正在向侍祭打招呼。妖精弓手輕盈地跳下馬車：

「贊成。又不是請我們住什麼高級旅館（Royal Suite），應該沒關係吧。」

「當成報酬的一部分囉。我也覺得可以，嚙切丸？」

礦人道士摸著長長的鬍鬚，望向下沉的太陽。

「都這時間了，其他旅館八成一堆人唄。」

「無所謂。」哥布林殺手簡短回答，又說：「沒理由反對。」

劍之聖女微微握緊天秤劍。

發現的人只有女官，她半是無奈，半是覺得有趣地嘆了口氣。

「但，有些事想調查。有書庫之類的設施嗎。」

「有的。」

劍之聖女急忙開口，在他說到「有書庫之類」的時候。

「我馬上為您帶路。神殿的書庫可以靠我的權限……」

「比起那個，先把東西放了然後去吃飯吧，吃飯。」

礦人道士晃著短手指，直接打斷她說話。

「喂，你不是一直在吃吃喝喝嗎？」

「跟圃人（Rare）比起來，我吃得還算少咧。」

礦人道士毫不在意妖精弓手的吐槽，聳聳肩膀。

「怎麼樣？長鱗片的。」

「貧僧也差不多到了對鮮肉感到畏懼的時辰。」

蜥蜴僧侶揚起大顎，長鱗片的大手得意地摸著肚子。

「若再加上乳酪就更可怕了。」

「無所謂。」哥布林殺手簡短回答，又說：「沒理由反對。」

劍之聖女微微握緊天秤劍。

發現的人只有女官，她半是無奈，半是覺得有趣地嘆了口氣。

「……那麼，就等回來後再去書庫。」

就這麼辦。嗯，就這麼辦吧。她像在確認似的反覆說道。

哥布林殺手只扔下一句「有勞」，鐵盔轉向女神官。

「妳沒問題嗎？」

「啊，那個……」

女神官與年齡相近的侍祭交談完，雙手握住錫杖，目光游移。

「我、我有個地方想去……」

「哦，真難得。」

礦人道士睜大眼睛。

這名稚氣尚存卻認真的少女，難得會這樣。

「知道怎麼去嗎？」

「啊，是的。我知道位置……也跟人問了要怎麼走。」

女神官瞄了已經離去的侍祭剛才在的地方，聲音愈來愈小。

「……不行的話也沒關係。」

她的視線落在哥布林殺手粗糙、骯髒的鐵盔上。

表情被鐵盔徹底遮住的他，低聲說道：

「單獨行動很危險。」

簡直像在迷宮裡會說的話，妖精弓手無奈地聳肩：

「那我也一起去。兩個人就沒問題了吧？」

她舉起手，得意地搖晃長耳，蜥蜴僧侶點點頭：

「那麼就分成兩組行動。」

「決定了。嚙切丸，這樣行嗎？」

哥布林殺手看看抬起視線、凝視自己的女神官，又看看挺起平坦胸部的妖精弓手。

「無所謂。」哥布林殺手簡短回答，又說：「沒理由反對。」

「你這句話都說幾次啦。」

傻眼的礦人道士搓著雙手，狡黠一笑。

「大主教閣下啊，有沒有推薦的好店？」

劍之聖女微微握緊天秤劍。

§

人稱「黃金騎士亭」的酒館，是冒險者公會設立前就存在的老店。

雖說都叫酒館，在王都也分成各種類型。

酒吧、客棧、大眾食堂、料理店。

其中特別熱鬧的就是這間客棧。

穿過店門，比外面的人潮更混亂的喧囂聲便迎面襲來。

獵兵少女與裝備厚重鎧甲的戰士正在交談，東洋風劍士與女盜賊在一旁看著。

另一邊有位疑似新人的青年術士，伙伴們則圍在旁邊，一面喝酒一面調侃他。

以凡人武僧為中心，加上獸人戰士、圃人術士、美麗獵兵的團隊。

被尊稱為老師的女魔法師，以及疑似徒弟的冒險者們也在享用晚餐。

微胖的魔法師與女治療士坐在同一桌，遲來的鐵盔騎士及女劍士舉起酒杯……

此情此景，恐怕在四方世界出現人稱冒險者的存在後，從未改變過。

冒險者公會設立後，依然走過一段漫長歷史的這裡，儼然是屬於冒險者的店。

追求冒險的人一味增加，這裡卻一直是邂逅與離別的場所。

牆上貼滿想成立新隊伍、或是在徵求隊友填補空缺的告示。

角落那桌坐著疑似新手冒險者的少年，臉上洋溢期待、興奮與不安。

他想必懷著命運的邂逅、傳說中的冒險之類的夢想。

然而，他的願望不會實現。

嶄新的鎧甲與劍、沒戴頭盔的模樣，一眼就看得出是新手。

懂得法術也就算了，若非如此，他只會整天一事無成吧。

要嘛放棄等待邀請主動去找人，要嘛決定單獨行動（Solo）……

無論如何，他都得自己有所作為。

做不到這一點，即使當上冒險者也活不久。

另一邊的角落放著檯子，小混混們在那邊擲骰，一喜一憂。

與老人、小孩在路旁玩的遊戲不同，是賭上金錢的對決。

碎掉的骰子被釘在旁邊的牆壁上，彷彿要斬首示眾。

裡面似乎放了鉛塊，是在警告其他人不要作弊吧。

「哈，那是外行人耍的**小伎倆**。」

眼尖的礦人道士找到暖爐旁的舒適座位，瞇起眼睛：

「高手會用水銀，可以自由自在控制骰子的點數。」

他摩擦厚實的手掌，對送到眼前的料理深吸一口氣。

是所謂的餐前儀式，還是想先用眼睛和鼻子享受料理？

埋在暖爐的熱灰裡做成的水煮蛋，淋上蛋黃、油、檸檬做的醬汁。

大量的高麗菜、培根、奶油，用大鍋燉成的濃湯。

主菜是鯛魚魚露及內臟混在一起做的粥。

還有一道烤鵝肉，同樣淋滿蛋黃、油、檸檬做的醬汁。

用來清嘴巴的是搭配蜂蜜的葡萄、李子、蘋果……

礦人道士的視線輕快地在桌上飄動。每道菜都吸引住他的目光。

「有各種眉角啊。是說圃人連玩個骰子都在幹這種事。」

「侍奉交易之神者，則會使用『幸運（Luck）』之術改變點數。」

蜥蜴僧侶用舌頭舔掉鼻尖上的食物。

「然而終究只是少數。連宿命及偶然，都無法干涉**已經擲出**的骰子。」

他的眼睛釘在山羊奶製的乳酪上，長鱗片的友人的動作，令礦人道士哈哈大笑：

「決定好的點數，連神明都改變不了。」

補師、咒術師、聖騎士、盜賊四人舉起酒杯。

應該是在慶祝成功討伐惡魔與冒險平安歸來。
礦人道士向那邊舉杯，為他們的冒險乾了一杯。
「話說回來，那位大主教閣下竟然介紹了這種店。」
「聽說她過去是冒險者。」
蜥蜴僧侶像在檢查武器似的拿起乳酪塊，正經地說。
「不過當時，這裡的店主曾一度將店遷到王都北方。」
「哦。」礦人道士捻著鬍鬚說。「那就是，大約十年前嗎。」
「正是。」
蜥蜴僧侶緩緩點頭，晃著長脖子，彷彿在追憶往昔。
——這傢伙到底幾歲啊。
礦人難以從外表判斷年齡，不過蜥蜴人也差不到哪去。
這樣的話，他是否連十年前的戰爭都知情呢——……
「嘿，老兄，你們打哪來的？」
這時，突然有人向他們搭話。
是名看似吟遊詩人或演奏家的男子，手上拿著弦樂器，笑咪咪站在那裡。
他好像並不害怕蜥蜴人，蜥蜴僧侶以奇妙的手勢合掌。
「西方的邊境。」

「原來如此，西方嗎。好的好的。」

演奏家一副了然於心的模樣，消失在人潮中，接著……

其名永世輝煌
受至高靈祇所愛　劍之聖女
六黃金　一聖女
手握　正義天平　威武寶劍
凡有言語者　盡皆愛濟
故其祈禱　引發神之奇蹟
偕六黃金　胼手奮戰　矢志誅討魔神
守既功成　司掌律法　作庇護者
其名永世輝煌
受至高靈祇所愛　劍之聖女……

——樂器彈奏出的壯闊旋律，穿透嘈雜人聲傳來。

那是十年前，與自北方襲來的「死」之狂嵐對抗的冒險者們的故事。

許多老手聚集在北方城塞，挑戰迷宮，被迷宮吞沒，消失在其中。

達到目的的只有六人。有人稱他們為六英雄（All Stars）……

無論如何，他們並不存在於神話傳說裡面，而是歷史上的英傑，這是不會改變的。

「原來如此。吟唱鄉里之歌賺旅客的錢嗎。」

真聰明。蜥蜴僧侶喃喃自語，將硬幣放在桌上，好拿給遲早會到他們這一桌來的演奏家。

「……意思是，那場戰鬥告一段落後，這家店也遷回來囉。」

——這樣的話，店主和那位大主教大人關係應該不錯。

礦人道士好奇地往那邊瞥了一眼，打出充滿酒臭味的嗝。

「嚙切丸，你在煩惱什麼？」

「……」

哥布林殺手沒有馬上回答。

他盛了滿滿一盤燉菜，用湯匙攪拌，從鐵盔縫隙間送入口中。

奶油燉煮的高麗菜與培根。哥布林殺手歪過頭。

跟在家裡吃到的燉菜味道不同。

「看得出來嗎。」

「廢話。」

礦人道士哼著氣說，拿起葡萄酒倒滿杯子。

「我們組了一年的隊。凡人的人生用五十年計算，就是五十分之一。挺久的喔。」

礦人道士又喝了一口酒。

他擦掉沾到鬍子上的酒露，撕下一隻鵝腿咬下。

哥布林殺手盯著他大口喝酒，大口吃肉的模樣。

「……最近，沒辦法專心剿滅哥布林。」

「確實。海邊的冒險、護衛任務——雖說途中有過迎擊戰吶。」

蜥蜴僧侶點頭說著「然也，然也」，手雀躍地伸向乳酪。

礦人道士笑著擺手，因此他沒有將乳酪切塊，而是整個拿過去。

他張開大嘴一咬，用尾巴拍著地板大喊「甘露」。

礦人道士也吸吮骨頭，舔乾淨手指，擦拭嘴邊的鬍鬚，伸手拿肉。

「很愉快。」

兩人瞬間愣住。

礦人道士與蜥蜴僧侶都放下食物，面面相覷。

他們看著對方點頭，同時望向被暖爐裡的火照亮的廉價鐵盔。

「但，每次總會瞥見哥布林的蹤影。」

哥布林殺手拿起裝葡萄酒的杯子。

他一飲而盡，發出喘息般的聲音。

「既然如此，**那些**就不是我的職責。」

「職責嗎。」

「嗯。」

哥布林殺手對礦人道士點頭。

「我是，哥布林殺手。」

暖爐裡的火花發出劈啪聲，混雜在酒館的人聲中。

奇妙的靜寂降臨，彷彿在一幅畫中，只有他們那塊被截取出來。

演奏不知不覺轉為邊境勇士小鬼殺手在雪山的冒險故事。

「唔。」

礦人道士捻鬚瞪著天花板。

染上酒、血、煙的黑色天花板，究竟是從幾百年前開始就存在於那裡的？

上面的圖案是海洋抑或星辰？無論如何，都活得比人的一生還要久。

不久後，礦人道士像要解釋魔法的原理般，咧嘴一笑。

「你知道劍是怎麼鍛造的嗎？」

「……不。」哥布林殺手思考片刻後搖頭。「不知道。」

© Noboru Kannatuki

「行，我告訴你。」

礦人道士張開短小卻厚實的手，彎下短指慢慢計算。

「用火燒，用鐵鎚敲，冷卻，再用火燒。」

「……用火燒，用鐵鎚敲，冷卻，再用火燒。」

哥布林殺手重複一次。

「沒錯。」

礦人道士雙臂環胸。

「統統得照做。多哪個步驟少哪個步驟都不行。」

「真費工吶。」

「對吧？」

礦人道士從蜥蜴僧侶口中得到理想的回應，滿足地加深笑意。

「柔劍雖然靈活，卻不適合對砍；剛劍雖然銳利，卻容易斷。所謂的好劍究竟是什麼？」

他像在念咒般嘀咕著，聲音卻清晰可聞，舔了口酒弄溼嘴脣。

「用愈久劍刃會磨損得愈厲害。打磨愈多次劍身會變得愈薄。總有一天成為歷史。所謂的好劍究竟是什麼？」

「……」

哥布林殺手默默聽著。

看起來像孩童坐在暖爐旁邊，聽祖父講故事。

因此，他接下來說出口的話坦率得令人驚訝。

「不知道。」

「誰會知道啊。就是不知道地活著才有意思。」

礦人道士瞇起眼睛，又粗又短的手指在肚子上交握。

「鋼鐵的祕密很深奧、複雜的。」

暖爐裡的火花又炸開響亮的劈啪聲。

木柴垮掉的聲音響起，機靈的店員立刻跑過來。

蜥蜴僧侶盯著店員用火鉗攪動木柴，直到他離去。

然後緩緩開口，發出明快的笑聲。

「呵呵，術師兄這番話猶如出自僧侶之口吶。」

「那這位真正的僧侶，對迷惘的嚙切丸有什麼建議？」

「唔，這問題可真難。」

蜥蜴僧侶轉動眼珠子，拿起鐵串。

然後又起用指甲削塊的乳酪，悠哉地拿到暖爐旁邊烤。

「對眾生而言，不得不為之事其實不多。」

他轉動鐵串。乳酪還是硬的，維持原本的形狀。
「活下去，最終迎接死亡即包含在其中。而這並非易事。」
慢慢加熱的乳酪塊有點變軟，可是還不夠。
「連野獸都無法隨心所欲過活，遑論有言語者。」
過沒多久，乳酪開始融化。是時候了。
「儘管煩惱、迷惘吧。依貧僧所見，這正是所謂的人生。」
蜥蜴僧侶拿起鐵串，咬下熱呼呼的乳酪。
「喔喔，甘露！」
與讚頌父祖時的語氣一樣。他瞇起眼睛，大聲歡呼。
礦人道士哼了一聲，剛才收回來的手再度伸向鵝肉。
「跟我講得差不多。」
「代表這接近**真實**。」
哥布林殺手突然想到，以前也聽過同樣的說法。
雙手都被綁著，被踹進寒冷的冰河——字面上的意思——時發生的事。
『沉下去！然後用力跳！』
圃人老翁揮動閃爍寒光的短劍，尖聲大叫。
『這樣就能浮起來！給我一直跳！否則會沒命喔！』

正是如此。

否則自己現在就不會在這裡了。

「……是嗎。」

那麼，代表這接近真實吧。

「正是。」

蜥蜴僧侶點頭。

「就是這樣。」

礦人道士附和。

「是啊。」

哥布林殺手將高麗菜與培根送入口中。

味道不壞。

§

石板整齊地排在那裡。

如同浮島似的，排在不知為何，怎麼掃都還是會吹進來的落葉海中。

在紅與黃的海中行走，只能照路標上的數字前進的空間。

是墓地。
知識神神官依循嚴密的數祕術劃分出的區域，的深處。
女神官站在嶄新——話雖如此，其實也過了一年的墓碑前。
墓碑上刻著令人懷念，但自己只有那天聽過的名字。
測好正確的尺寸再切割而成的石板，很符合她的行事作風，雖然每塊石板其實都長得一樣。
閉上眼睛浮現於腦海的面容，已逐漸模糊。
「……我來遲了。」
女神官微弱的聲音顫抖著，毫不介意弄髒衣服，跪到地上。手掌輕輕撫上墓碑。
「……對不起。」
即使如此，那名女魔法師對她來說，依舊是最初的同伴。
「假如」。
假如那個時候沒有去剿滅哥布林，而是接除鼠的委託，會怎麼樣呢？
大家會活著嗎？自己也會跟他和她一起冒險嗎？
會成為好朋友嗎？還會知道對方喜歡的東西、討厭的東西、興趣之類的嗎？
但她統統失去了。

© Noboru Kannatuki

全被奪走了。

理應存在於未來的漫長時光消失，取而代之的是此時此刻，身在此處的女神官。

與妖精弓手、礦人道士、蜥蜴僧侶，以及那個人一同冒險的自己。

女神官不認為自己幸運。

同時也不認為自己不幸。

她明白幸福與不幸並非不可分，而是像加入茶裡的牛奶那樣混合在一起。

「我還在剿滅哥布林喔。」

女神官微微揚起嘴角。

「跟當初被妳罵的時候一樣，提心吊膽的。」

是啊。

在充滿幹勁、全神貫注的她眼中，自己看起來是多麼愚蠢啊。

她八成會橫眉豎目地對自己大吼——她的身影與聲音浮現腦海。

除此之外，那個人應該還有各式各樣的表情才對，她卻直到最後都沒能看見。

「我還見到妳弟弟囉……不小心變成指導他的那個人。」

妳別生氣。女神官喃喃說道。我的經驗還不足，但我盡力了。

結果，女神官沒有帶花，沒有帶水果，什麼該帶的東西都沒準備。

因為不知道她喜歡什麼、討厭什麼。
她只知道，隨便選會惹她生氣。
因此女神官留下一句「我會再來的」，靜靜起身。
「……誰的墓？」
聲音來自妖精弓手。
她抱著胳膊，靠在不遠處的樹上，長耳動了一下。
「以前的——」女神官話講到一半，嘴巴一開一合，然後再度開口：「伙伴。」
「這樣呀。」妖精弓手踏著輕盈步伐走近，問她：「是怎樣的人？」
「……是怎樣的人呢。」
女神官露出難以捉摸的表情，給出籠統的回答。
夜晚的涼風吹過，捲起樹葉，她按住帽子及頭髮。
「因為連瞭解她的時間都沒有。」
「有時確實會遇到這種事。」
拂過臉頰的涼風，令妖精弓手舒服得瞇細眼睛。
她抬起臉聞風的氣味，露出纖細白皙的喉嚨。
「因為緣分是奇怪的東西。有的短，有的長。」
「……是啊。」

「都不在了嗎？」

女神官一時間聽不懂這個問題的意思，一臉疑惑。

接著她立刻理解，尷尬地苦笑道：

「不，有一個人。只不過──……」

「不過？」

「……我沒有勇氣去見她。」

女神官聲音愈來愈小，消失在枯葉摩擦的窸窣聲中。

然而森人的長耳沒有聽不見的聲音。妖精弓手搖晃那對耳朵：

「我倒覺得不需要那麼在意。」

畢竟。妖精弓手說。又不是妳一個人的錯。

「……我開不了口，說是大家的錯。」

「妳怎麼這麼正經八百。」

女神官露出困擾的笑容，妖精弓手哼了一聲，一副覺得無趣的態度。

總覺得能明白她之所以崇拜「哥布林殺手先生」的理由了。

雖然妖精弓手不知道那是好是壞，也不會想知道。

「……好，那我們來做點不正經的事吧！」

女神官被她拉住手時錯愕的表情很滑稽，妖精弓手咯咯笑出聲來。

§

「哇……」

來到王都後，女神官動不動就在吃驚，她有太多未曾見過的事物。

兼具開放感與清涼感，天花板挑高的寬敞大廳。

繁星與雙月的光芒從天窗照進，加上蠟燭的火焰，室內相當明亮。

許多身穿寬鬆服裝的人在裡面走動、休息。

有人坐在長椅上看書，有人拿著重石做運動，有人在喝飲料……

角落是將紙牌放在桌面，與遊戲盤中的黑死病對決的人們。

也有人在觀賞未曾見過的鎧戰士的壁畫，下面寫著一行文字：魔法船（Spelljammer）。

角落刻著劇場名及日期，推測是戲劇的宣傳畫。

神奇的是，沒看見暖爐之類的設施，這麼大的空間卻暖洋洋的。

「牆壁裡埋著輸送溫暖空氣的管子。」

見女神官左顧右盼，職員輕笑著回答。

女神官連忙對裹著乾淨白布的她道歉。

「不、不好意思。因為太稀奇了……」

「聽說這裡是浴場，不過看上去不只能洗澡呢。」

把女神官拖到這裡的妖精弓手，好奇地搖晃長耳。

——她似乎很滿意。

女神官見狀，忍不住笑出來。

森人洗澡都是用淋浴，不習慣特地燒熱水泡澡。

這位和自己年紀差距甚大的友人照理也是如此，但某次體驗過溫泉後，她就喜歡上泡澡了。

抵達王都後她一直在注意的那棟連接著水道橋的建築物，是大浴場。

妖精弓手覺得泡澡比在墓地憂鬱有意義得多，看來她的決定是正確的。

「是的。這裡有運動場，還有提供按摩服務，也有輕食跟飲料喔。」

「啊，費用——……」

不可亂花不必要的錢。女神官著急地問，職員笑著回答：

「全部包含在入浴費裡面。請兩位慢慢享受。」

王都真是不得了的地方。女神官懷著這樣的感想，頻頻點頭。

她付了數枚銅幣，再次環顧室內，原來如此，帶錢包的人確實很少。

不對，有個例外。

是尊男女雙面的神像，雙手高高捧著巨大水瓶。

旁邊的牌子上刻著「獻給浴槽神的捐款」，像存錢筒似的開了一個口。
孩子們歡呼著投入硬幣，每投一枚水瓶就溢出水來。
「——好厲害！」
飛奔過去的，當然是妖精弓手。
她豎起長耳、兩眼發光，速度快得像是要奔入森林似的，衝到神像前。
「欸，這要怎麼玩？」
「什麼嘛，大姊姊妳不知道喔！」
大概連十歲都不到的少年，對比自己年長兩千歲的森人說。
「把錢投進去，蓋子就會打開噴水出來！」
「哦～……」
莫名得意，根本稱不上說明的說明。妖精弓手已經打開錢包。
女神官聽著硬幣掉進去的聲音，身體放鬆下來。
直至前一刻還壓在小小胸部上的重壓，減輕了一半。
——聽說人沒辦法維持同一種情緒長達一小時。
或許就是如此。女神官半是寂寞，半是安心。
想必全是因為有在前面拉著自己的伙伴們。
「……呵呵。」

因此她才有那個餘裕，發自內心笑出來。

女神官悠哉地觀察周遭環境，打算等妖精弓手玩膩。

通往更衣室的道路、洗手間、運動場——浴池大概在更衣室後面吧。

其他同伴在等她回去，因此不能玩太久，不過晚餐先在這裡吃好了。

去泡個澡，泡完後至少想喝個冷飲……

女神官思考著，纖細白皙的手指抵在下巴，突然察覺到異狀，眨眨眼睛。

——有人在看我？

銳利的目光刺在自己身上。

以前的她——一年前以上的她，肯定不會注意到這股氣息。

女神官望向在水瓶前面嚷嚷的妖精弓手，悄悄移動視線。

——……是士兵先生嗎？

視線來源是坐在長椅上，看起來像士兵的人。

那人身上有點髒，推測是剛下班，看得出為何要來浴場。

——可是，我做了什麼嗎……？

來到王都，或者是進入浴場後，她應該沒做什麼會被士兵盯上的事才對。

但被人這樣注視總覺得不太舒服，女神官默默站到妖精弓手旁邊，拉她的手肘。

「那個……」

「嗯——？等我一下，再一次就好……！」

「那個，差不多該走了吧？」

女神官心想「真拿妳沒辦法」，懷著跟對那個人感到的無奈似是而非的情緒，揚起嘴角。

「再玩下去會沒時間洗澡……錢也會用光。」

結果，妖精弓手又玩了三次，兩人才前往更衣室。

她們走進具備雙性特徵的浴槽神女性面孔朝向的那條路，很快便抵達女用更衣室。

中間是小小的冷水浴池，兩側牆邊有當椅子兼置物架的層板。

天已經黑了，因此更衣室有幾個客人，各自換著衣服。

王都果然凡人比較多，不過也有礦人及圃人，看來沒什麼好顧慮的。

不可思議的是——根據職員剛才的說明，是因為有暖氣——裡面很溫暖，不用擔心感冒。

「嘿咻……」

女神官也效法她們，將神官服折好放進空籃。

纖細的身體經過一年以上的冒險者生活，逐漸長出肌肉，但她的身材依然算苗條。

旁邊的妖精弓手一口氣脫光，把衣服扔進籃子。

「不折好會皺掉喔？」

「沒差沒差。」

妖精弓手毫不在意，甩了甩手跟長耳。

「啊，對了。妳有帶精油嗎？」

「有的。之前櫃檯小姐介紹給我，那個、我就買了有點貴的……」

奢侈一下沒關係吧？女神官沒自信地說，妖精弓手笑道：

「無所謂啦。又不是把錢都拿去大玩特玩，神明也不會有意見的。」

「……我倒是覺得，妳應該再注意一點。」

「哇，竟然對我說教。妳不夠尊敬長輩喔。」

「啊!?等一下，討厭，別這樣……!」

妖精弓手手指伸向女神官的身體，兩人小聲嬉戲著。

這時，森人特有的銳利目光，停在女神官的脫衣籃上。

「妳還在用那個？」

「咦？」

她在看的是女神官剛從身上脫下的鍊甲。

嚴重的損壞處都經過補修，因此顏色有點斑駁。

鍊甲還有仔細上油保養，一眼就看得出主人很珍惜它。

「啊，是的……因為它對我來說很重要。」

「又不是什麼傳說中的裝備。」

妖精弓手眼睛瞇起，女神官害羞地搔搔臉頰。

──妳被歐爾克博格傳染得太嚴重啦。

那個人對這名年幼──在森人眼中──的少女，是不是會造成非常不良的影響？

她腦中這麼想，嘴角卻掛著微笑，搖動長耳。

──事到如今，說這些未免太遲。

再說，剿滅哥布林這件事本身，就對人有不良影響。

「怎麼了嗎？」

「沒有，沒什麼。沒什麼。」

她對女神官擺擺手，腦中突然冒出新的想法，瞇眼說道：

「啊，機會難得，我們來幫對方洗吧。」

「是！」

§

兩人一面洗澡，一面聊得不亦樂乎，抹上精油，沖乾淨身體，泡進浴池。

浴室也因為有暖氣的關係，相當溫暖，除了大浴池外，另一側還有冷水浴池。裡面是暖氣更強的三溫暖。

妖精弓手扔下一句「我去看看」，因此現在只有女神官一個人。

她泡在熱水中，伸展四肢，在水裡搖來晃去，吁出一口氣。

吐息與蒸氣參雜在一起，升向巨蛋型的天花板。

——感覺可以直接睡在這邊……

微燙的熱水溫暖全身，彷彿會就這樣融化於水中。

她伸長纖細雪白的手臂，看得出長了肌肉，儘管並不多。

也看得出皮膚表面有更加白皙的傷痕。

經驗這種東西，或許就是這樣呈現於眼前，不過毫無疑問，這是她一手培養出來的。

仔細一想——當然偶爾會休息——兩年間，她一直在四處奔波。

第一次踏上冒險、第一次認識同伴、哥布林的巢穴、死去的同伴，還有他。

尚未整理好的感情，在內心深處盤旋、沉下。
——然而。
女神官不經意地望向妖精弓手銜進去的三溫暖，瞇起眼睛。
她用熱水潑臉，拭去一切。
——真的得感謝大家。
「……欸。」
「哇!?」
在她思考之際，忽然從旁邊傳來的聲音，令女神官嚇了一跳。
她反射性遮住胸口，轉過頭，是一名瞪大眼睛的少女。
及肩的金髮、藍眼、年紀約十五——不對，十六嗎？
女神官眨眨眼睛。
有種奇妙的感覺——站在面前的她似乎也有同感。
看著她困惑的眼神，女神官「啊」地驚呼出聲。
平常只會透過神殿的水鏡等道具看見的面孔，確實在自己面前。
對方的頭髮較有光澤。皮膚較好，身材較為圓潤。身高也比較高。
不過——……
——很像。

沒錯，從頭到腳，一眼就看得出對方身分比較高貴。可是跟自己很像。

女神官覺得怪難為情的，在浴池裡坐好。這人簡直像自己的高階版。

「請問，有什麼事？」

「妳是冒險者對吧？」

語帶肯定的這句話有種高高在上的感覺，雖然對方是站著的，這也是理所當然。

聽見女神官回答「是的」，對方信心十足地點頭，坐下。

「果然。」

她的胸口撲通一聲濺起水花，女神官微微低頭。上天真不公平。

「妳的職業是？」

「我侍奉地母神。」

「聖職者(Priest)嗎……」

還不錯。她碎碎念著，女神官納悶地歪過頭。

「那個，如果妳在找隊友，我已經加入團隊了……」

「咦？」她一臉錯愕，回答：「噢，不是。我沒有在找隊友。」

——那是要？

不明白對方的意圖，會刺激不安與恐懼。

再怎麼樣，應該都不會在這種地方對自己做什麼，但她可是手無寸鐵之人。
女神官遮住胸部，微微繃緊身體。雖然從這人身上感覺不到討厭的氣息……
「欸，我想問妳一下當成參考，妳用什麼裝備？等級呢？」
「呃，等級是鋼鐵……裝備嗎？」
女神官重新觀察毫不客氣地——可以這樣形容吧——靠近自己的女性。
她自己也與強壯的戰士相差甚遠，然而這個人怎麼看都不像有鍛鍊過。
魔法師——不，是聖職者嗎？想當冒險者的？
她認為這個推測最有可能。
——……是不是阻止她比較好？
如果她真的想當冒險者。掠過腦海的，是自己經歷過的事件。
可是，之後的一切也全是經由「冒險」得到的。
她無法否認，也覺得不能否認。
所以最後，女神官手指抵在脣上，思考片刻，回以曖昧的微笑。
「我的話是神官用的法袍、錫杖，還有鍊甲。」
她「哦——」了一聲。
「裡面有注入法力，或是受到祝福嗎？」
「不，只是普通的……真的只是普通的錫杖，和鍊甲。」

即使如此，那也是女神官聽從他的建議，第一次買的裝備。

仔細想想，在那場下水道的戰鬥中，她也是多虧鍊甲才撿回一命。

看到女神官輕輕撫上肩膀，對方喃喃說道：「哎，第八階就是用那種貨色吧。」

由於她的語氣很失禮，女神官忍不住噘起嘴巴。

「不行嗎？」

「咦？什麼東西？」

但她一臉不解，害女神官講不出話。

在女神官無言以對的時候，她一口氣從浴池裡站起來，濺起熱水。

「嗯，謝謝妳。值得參考。」

「這、這樣啊……」

——該說些什麼嗎……？

是出自於雞婆的心態呢，還是神對她下達的啟示（Handout）？

閃過腦海的不安與焦躁，在平坦的胸口敲響警鐘。

不能讓她就這樣離去。得告訴她什麼才行。

——可是，要對她說什麼？

眾神也好，祂們擲出的骰子也好，都不可能好心到連這都告訴她。

女神官嚥下一口唾液，擠出不知為何在顫抖的聲音，說道：

「……那個，如果妳想當冒險者，做點準備——例如採買裝備之類的，會比較好喔？」

「咦？」

她仍然一臉不明白她在講什麼的表情，思考了一下後點點頭。

「說得也是，採買裝備——很重要呢。」

她濺起水花，走出浴池，颯爽離去。

女神官看著她的臀部，把嘴巴泡進水裡，咕嘟咕嘟吐出泡沫。

「呼……哎呀，好像有點頭暈。裡面超壯觀的。」

這時，妖精弓手回來了，一邊用手幫紅通通的臉搧風。

森人特有的長耳抖動著，她望向與自己擦身而過的女性。

「剛剛那個人，是誰？」

「這個嘛……」

不知道。女神官只有這麼回答。只能這麼回答。

妖精弓手雖然有點疑惑，還是悠哉地說聲「算了」，泡進浴池。

「妳呢？要去裡面看看嗎？我可以在這休息一下。」

「不……」女神官想了想，緩緩搖頭。「……起來好了。」

§

她回到更衣室，明明有暖氣卻覺得很涼，真不可思議。
她用毛巾擦乾身體，又塗了一次精油抑制出汗後，才走去穿衣服。
「既然要洗澡，早知道帶乾淨的衣服來。」
「沒辦法，我剛剛才想到的嘛。回去再換不就得了？」
兩人並肩走在一起，發出赤腳踩在地上的腳步聲……
「咦？」
女神官揉揉眼睛。沒看到自己的脫衣籃。
她的脫衣籃放在妖精弓手隨便扔進獵人裝束的籃子旁邊，不可能弄錯地方。
「奇怪。是被誰動過了嗎？」
「咦？可是，就是在這裡……」
脫衣籃裡的衣服變成骯髒、散發汗味的衣服，疑似士兵的服裝。
不可能是其他人放錯的吧。她左顧右盼，尋找自己的衣服。
「咦……咦？」
可惜，怎麼找都找不到。

聲音變得愈來愈高、愈來愈慌張，眼角滲出淚水。宛如要踩上搖搖欲墜的梯子。

「冷靜點。妳確定放在這裡沒錯吧？」

「嗯……」

「那又不是會不小心拿錯的東西……」

神官的衣服、錫杖、帽子、鍊甲。哪可能看錯。

怎麼辦？怎麼辦？女神官徒勞地望向其他籃子，一副泫然欲泣的模樣。

「請問有什麼問題嗎？」

身穿白衣的職員跑了過來，大概是不忍心坐視不管。

女神官開口想說些什麼，話卻講不清楚。

「那、那個，我、我的衣服……！」

「咦？」

妖精弓手告訴錯愕的職員「這孩子的衣服不見了」。

「她是地母神的神官。我想不太可能有人拿錯……」

「……請兩位稍待片刻。我去跟負責看管的人確認。」

職員立刻回應，以比剛才更加迅速的速度離去。

女神官在等待期間依然臉色蒼白，坐立不安地杵在原地，妖精弓手握緊她的手。

「別擔心。很快就會找到。」

「是。呃，不過……可是……」

事實上，職員的確很快就回來了。面色極為凝重。

「不好意思……剛才好像有人穿著地母神的法袍出去。說不定……」

「被偷了!?」

妖精弓手反射性大叫，女神官立刻想到。

「對、對不起……!」

她甩掉妖精弓手的手，衝向籃子搜索士兵的衣服。

更衣室的士兵。在浴池找她聊天的女性。以及**採買裝備**。

不出所料，她在籃子裡找到那樣東西。

她當成錢包用的皮袋。

放在上面的是——閃閃發光，研磨過的數顆寶石。

一眼就看得出是高級貨，這幾顆寶石代表的意思，恐怕不會有錯。

是衣服的費用。

「啊，嗚，我、我……我的……」

帽子也好，法袍也罷。識別牌可以再去辦。錫杖雖然也是充滿回憶的裝備，倒還沒關係。

貴重品放在旅館。換洗衣物也放在旅館。所以，還沒關係。

可是——鍊甲不見了。

第三次還是第四次的冒險時，她用存下來的報酬第一次自己買下的防具，不見了。

與巨魔交戰時也穿著。在下水道、雪山、升等測驗、密林時也一樣。它救了自己的命。自己一直很珍惜它，從未疏於修理、保養。

理由只有一個。

「我、我第一次，被他……誇獎……！」

失去鍊甲的事實，令女神官徹底崩潰。

她連站起來的力氣都消失殆盡，跪坐在石地板上。

「我、我、我的……被、拿走了……！」

「——……對不起。早知道別說要來這裡。」

女神官啜泣著，宛如一個小女孩，妖精弓手在她旁邊輕聲說道。

女神官泣不成聲，用力搖頭。

妖精弓手默默蹲下，輕撫重要的——兩千年來第一次得到的伙伴的背。

「……絕對要拿回來。」

§

光源只有蠟燭的昏暗房間內，金屬摩擦聲斷斷續續地響起。

床放在窗邊。坐在其上，穿戴寒酸裝備的男子，就是聲音的來源。

哥布林殺手用磨刀石研磨——其實更接近單純的磨平——手上的劍。

是因為這把劍本來就是量產品嗎？不，即使是名劍，想必這個男人也不會改變做法。

過了一會兒，他停下手，用蠟燭光照亮不長不短的劍刃。

只聽過冒險者的英勇傳奇的人，自作聰明地表示「劍是用來打人的」，這是錯的。

劍刃是用來劃開皮、切開肉、砍斷骨頭的。否則為何要製造這種武器？

單純是因為騎士們使用的厚重雙手劍，兼具砍、刺、敲、打的功能。

那是融合劍與槍、槌與鎬的萬能武器。

然而，哥布林殺手的劍並非如此。

那是拿來刺穿小鬼的喉嚨、挖出心臟、割斷脖子的武器。再無其他用途。

「…………」

© Noboru Kannatuki

約一小時前，女神官哭著回來。

不知所措的妖精弓手垂著長耳，努力安慰她，可惜沒有效果。

而且，女神官身上的衣服還從神官服變成一點都不適合她、尺寸過大的骯髒士兵裝備。

他詢問事情緣由，妖精弓手愧疚地說「衣服被偷了」。

這裡跟邊境鎮、水之都不同。是全國最大的都市。人多，壞人也多。

蜥蜴僧侶憤怒地用鼻子噴氣，礦人道士板起臉孔。

「明天，要不要去城裡問問看？」

女神官沒有回答，只是輕輕搖頭。

哥布林殺手起身回房，做自己的事。

什麼都沒說。

何況，要跟她說什麼才好？

「……………」

他停下手，拿燭光照亮劍。指尖沿著劍刃撫摸，點頭。

哥布林殺手收劍入鞘，接著拿出南洋的卍字飛刀。

「您不陪在她身邊？」

突然傳來的聲音既性感嬌媚，又像鬧彆扭的孩子般帶著刺。

「嗯。」

女子靜靜從門口進到房內，哥布林殺手看都不看她一眼。

「這樣呀。」

劍之聖女嘶起嘴巴，優雅地走到床邊。

然後彷彿要跪在男人腳邊似的坐到床上，柔嫩的肉被壓得變了形狀。

「哭泣的少女，是會想要人安慰的喔？」

「是嗎？」

「是的。」

劍之聖女扭扭捏捏看著自己的手，大腿互相摩擦。

「……………因為，我也一樣。」

「是嗎。」

哥布林殺手削著飛刀彎曲的刀刃，發出喀嚓喀嚓的噪音。

劍之聖女失明的雙眼，緊盯著默默研磨可怕武器的他的手。

鼓著臉頰的她，表情不知為何放鬆下來，像要喘息般輕啟雙唇。

每當燭火搖曳，鐵盔形的影子都會在劍之聖女臉上舞動、晃動。

「不可以害女生哭喔……」

「我知道。」

哥布林殺手語氣十分冷淡粗俗，劍之聖女嚇了一跳。

他無視如果沒有眼帶，想必瞪大著眼睛的劍之聖女，將刀刃放在磨刀石上。

「以前，我學過。」

「……這樣呀。」

劍之聖女不知道該說什麼。

「我帶了書來。」

因此，她決定乖乖表明自己——表面上——的來意。

她輕輕將與魔神信仰及圖騰有關的書堆在桌上。

「因為時間太晚，不方便帶您去書庫……」

「是嗎。」

簡短的回應，而且只有這一句。

劍之聖女在原地站了一會兒，接著輕輕吸了下鼻子。

正當她轉身準備離開——

「東西，是會不見的。」

哥布林殺手喃喃說道。

這句話出自平常就不太會大聲說話的男人口中。劍之聖女輕聲回應「是」。

「小時候，本來約好等我長大，要把父親的短劍給我。」

他停止磨刀，把刀刃拿到火光下照亮，用手指滑過。
「是把劍柄有顆鷲頭的好劍。」
哥布林殺手扔掉磨刀石。石頭發出沉悶的聲音掉在地上。
「那把劍現在在哪，我不知道。」
然後把飛刀扔進雜物袋，陷入沉默。
劍之聖女將產生些許變化的表情，藏在鐵盔的影子下，呢喃道：
「是嗎。」
雪白美麗的指尖，輕輕碰觸哥布林殺手的膝蓋。
用宛如在對待心愛之人的輕柔動作，稍微撫上他的大腿。
「我明天會進城，跟國王陛下開會。」
我一開始就說過了呢。劍之聖女標致的面容上，浮現少女般的微笑。
「我和陛下以前就認識……到時，我去跟他說說看。」
哥布林殺手緩緩轉頭，終於望向劍之聖女。
「……」他似乎在煩惱措辭，過沒多久才吐出一句「是嗎」。
又是一陣沉默過後，他咕噥道「拜託了」。劍之聖女臉上綻放出笑容。
「是的，請放心交給我。」
劍之聖女的豐唇掛起燦爛笑容，急忙起身。

她用代替拐杖的天秤劍敲了下地板，掛在劍鍔的天秤發出嗡嗡聲。

「我會竭盡全力……這樣可以嗎？」

諂媚般的甜美呢喃。哥布林殺手點頭回道：

「嗯。抱歉，麻煩妳。」

「——！」

劍之聖女沒有再出聲，踩著彷彿要飄到空中的腳步離去。

房門靜靜開啟，她走到房外，從門縫間偷偷看進去。

「那、那個……」

「……………」

「晚安……祝您有個好夢。」

「嗯。」哥布林殺手回答。「妳也是。」

劍之聖女宛如正值青春年華的少女，臉上泛起薔薇色，關上房門。

她背對房門，捂住臉坐到地上——哥布林殺手渾然不覺。

他撿起剛才掉在地上的磨刀石，拿在手中把玩。

用磨刀石研磨剩下的短劍，檢查道具，整理雜物袋。

接著翻開劍之聖女帶來的書，與從雜物袋裡取出的小鬼皮對照。

異樣的圖案。看起來像用顏料畫的紅色的「手」。但沒有紀錄。

他猜想，是像哥布林那樣的小偷。也想過說不定是哥布林偷的。

——無論如何，都得先做好準備。

他下達結論，整理裝備直到天亮，在陽光從窗邊照進來時小憩片刻。

這裡不是牧場。沒必要巡視。不過若小鬼出現，就殺了。

他很清楚，四方世界沒一個角落沒有哥布林。

更重要的是，他要遵守約定。

間章

「後悔莫及的故事」

——成功了。

身穿地母神的法袍——胸部有點緊——的少女，在黑暗中竊笑。

帽子、錫杖，衣服底下穿的是廉價的鍊甲。光這些應該就能讓她看起來像稱職的聖職者。

手拿提燈的行人從對面走來，她若無其事挺起豐滿的胸部。

對方愣了一會，對她點頭致意，從旁邊走過去，少女再度笑了。

有點愉快。

她心想，人們尊敬的是神官的服裝，而非神官本人吧。

在這個意義上，瞞著哥哥帶走隨侍在旁的士兵的衣服，真是正確決定。

因為只要扮成骯髒的士兵，衣服稍微有點過大，也完全不會有人發現。

雖然她不喜歡衣服上的汗味，也討厭走地下的道路弄髒身體。

——反正我洗過澡了，萬歲。

© Noboru Kannatuki

「……是說，這件衣服真小。」

少女拉了拉神官服的領口。

除了衣服外，勒緊胸部的鍊甲害她呼吸困難。

——那孩子幹麼穿這種便宜貨……

她不禁這麼想。冒險者果然很辛苦。

「…………真對不起她。」

仔細一看，鍊甲看得出修補的痕跡。想必用了很久。

當初她急急忙忙把衣服拿走，所以沒注意到，這肯定是一件重要的裝備。

她很清楚失去珍視的裝備，對少女而言有多麼心痛。

儘管她打算之後再還給她，少女臉上的笑容還是瞬間轉為憂愁。

她並不是想給跟自己極為——沒錯，極為相似的那女孩添麻煩。

藉口要多少有多少。為了冒險者、為了世界、為了世人、為了自己。

她想親自調查冒險者的工作情況，理解它，告訴哥哥，好好利用這些經驗。

然而，自己偷了她的東西是無法撼動的事實。

「……等事情告一段落，得去跟她道歉，把東西還她。」

嗯。少女用力點頭。為此必須加油。

她還多給了一些寶石以免自己失敗，順便賠罪。

少女當然絲毫不覺得會失敗——不過整個世界都要看骰子的點數決定。

——至少，希望能讓那孩子買到更好的裝備。

「好了……討厭，這時間門都關了。」

少女好奇地左顧右盼。

這是片每天都會映入眼簾，卻只能隔著窗子看的景色。自己正身在其中。

思及此，她覺得莫名喜悅，腳步自然而然輕快起來。

目的地是早就決定好「當冒險者就要從這裡開始！」的店。

「黃金騎士亭」。

店名已經堪稱傳說，在王都數一數二的老店，即「冒險者的酒館」。

公會這個組織設立前就存在的場所，令她興奮不已。

她推開吱嘎作響的門走進去，這麼晚了，店裡卻人聲鼎沸。

一眼就看得出是小混混的人望向自己，導致她身體緊繃起來。

但那也只是一瞬間的事。

從頭到腳散發出新手氣息的冒險者，獨自晃進這家店，大概不怎麼稀奇。

那些人立刻移開目光，少女鬆了口氣。她整理好儀容，鼓起勇氣向前邁步。

趴在角落圓桌的少年迅速抬頭，少女心想「沒你的事」，直接無視他。

「那個，請問有空房間嗎？」

「啊？」

櫃檯後的店長朝她瞪過來。難道是聲音不小心透露出緊張了嗎？

店長觀察了她一番，嘆著氣說：

「皇家套房、套房、經濟房、簡易床鋪，還有……」

「我睡馬廄！」

不小心太大聲了。店裡的視線又刺在身上，少女低下頭。

「……在後面。妳自便。」

「謝、謝謝。」

她低頭致謝，快步走到店外。臉頰好燙。

說到冒險者就是馬廄。有什麼不好？她一直很嚮往。

重點是免費。在王都裡拿太多寶石出來用，可能會被哥哥抓到。

「總之，只要撐過今晚……」

她有找好幫手。可以出到城外。沒問題。照理說，不會有問題。

少女走向店家的後門，一面留意四周，一面在暗處脫下衣服。

她將過小的神官服及鍊甲隨手一扔，抱著錫杖與裝寶石的袋子，躺進稻草堆裡。

馬廄非常臭，稻草也刺刺的，根本沒辦法入睡。

雖然也有可能，是因為從未見過的她那哭泣的表情，始終在腦海裡徘徊。

第5章 『後臺的演員們』

Master Scene

「那麼，可以針對掉到靈峰的天之火石報告一下嗎？」

在這麼疲憊的狀態下，王座坐起來也很累。不如說王的椅子本來就是權威的象徵，並非用來給人休息的。

——下次訂製椅子時，叫工匠做軟一點吧。

但他並沒有把這個想法表現在臉上，年輕的國王始終威風凜凜。

他回到王都過了一晚，隔天一早就要開御前會議。

石造大廳用歷史悠久的掛毯裝飾，秋天的陽光自窗外照進。

彩繪玻璃反射陽光，國內的重要人物坐在用美麗石材製成的圓桌前。

年邁的大臣、紅髮樞機主教、褐膚的宮廷魔法師、身穿銀鎧甲的近衛騎士、金等級的冒險者。

此外還有名門貴族、魔法師、學者、宗教家、商人——各式各樣。

身為這個國家的國王，在坐上王位的瞬間就必須知道。

建國以來——有史以來，無數次降臨此地的災厄，混沌的漩渦，魔王。

每當魔王降臨，礦人、森人、圃人、獸人之長都會聚集在這張圓桌前，召開軍事會議。

也有冒險者與自由騎士參加，有時還會有身分不明的魔法師或賢者。

數百年前，笑著說「何必分什麼上下座」的礦人王，訂製了這張圓桌。

而有過冒險經驗者都明白，要單憑一種族管理整個集團是不可能的。

——不，只是不明白的人會死罷了。

他瞥見與自己有著多年交情的近衛兵竊笑著，大概是發現他揚起的嘴角吧。

「很好，請各位按照順序發言。」

國王忍住笑意，一本正經地說。魁梧的宮廷魔法師率先起身：

「占星術師們表示，那是突然墜落至盤上的凶星。」

「哦，突然嗎。」

「是的。書院在查閱古文書，但目前沒找到類似的預言。」

國王對褐膚的他點頭，揮手叫他坐下。

「代表並非『宿命』所致，而是『偶然』嗎……？」

把手撐在王座的扶手上，他托著腮沉思。看來該一個個去確認。

「靈峰的狀態如何？我想知道天之火石造成的影響。」

「回陛下，靈峰還是老樣子，並非給人攀登的地方啊。」

回答他的是在會議參加者中特別顯眼的男人。

那人沒有攜帶武器，桌上放著角盔，身穿看得出使用痕跡的鍊甲。

留著一頭長髮，脖子上掛著金色識別牌——是在場唯一的獸人。

狗臉不悅地扭曲，大嚼桌上的茶點，毫不顧慮。

「若裡面有洞窟也就罷了，從外側爬上去難度頗高。」

此時身為國王近衛的男子，俐落地抬起一隻手。

經過鍛鍊的勻稱身軀，在戰場上是由白銀甲冑守護著。

國王一點頭允許他發言，他——擔任近衛的將軍就邊用手梳理自己的頭髮，進言道：

「要進軍靈峰相當困難，閣下。」

「果然嗎。」

「是。那地點沒辦法派太多人過去，不曉得有多少貴族家的小少爺會脫隊。」

平民出身的將軍說得理所當然。他瞧不起王公貴族的體力。

——不過這也是事實啊。

國王心想，有這個與自己長年相處的男人擔任幕僚，果然令人心安。

靈峰是這個國家最高大、最險峻的巨山。

山區本就不屬於有言語者的領域，靈峰自然也包含在內。

派軍隊過去會出多少人命，無法估計。

「但可以包圍靈峰，以便出現什麼時能即刻迎擊。」

然而，近衛將軍接著說道。語氣充滿自信，足以突顯他的實力有多麼堅強。

「我不會讓任何一隻怪物踏進已知領域（Known World）。」

這正是將軍的使命。他一肩扛下責任。

若冒險者是直直射向目標的箭，軍隊就是抵禦一切的盾。

軍隊無法抵達魔神王的城堡，就算抵達了也並非敵手。

士兵所擁有的，只有鐵匠馬不停蹄鍛造的量產品。

只有日積月累的經驗與努力。這樣怎麼可能有勝算。

不過，迎擊魔神軍的力量倒是有。

能組成隊伍壓制襲來的怪物，用槍陣阻擋牠們。

這是冒險者絕對辦不到的。

「派幾個人單獨行動，說不定有辦法潛入。」

明白這一點的金等級冒險者，那矮小的身軀靠在椅背上，翹腳抱著胳膊說道。

「最好小心點。我之前去山麓探查過一次，有股詭異的氣息。」

「詭異的氣息？」

紅髮樞機主教興味盎然地問，金等級冒險者表情變得更加凝重。

「搞不好是怪物辭典（Monster Manual）沒記載的魔物。」

「原來如此……」

國王吐出一口氣。包含最近這陣子，打從去年與魔神交戰過後，騷動從未平息。

魔神、邪教徒、巨人等等，與和平兩字相去甚遠。

「這樣的話，或許該輪到**她**出馬了。」

在場無人反對。眾人面面相覷，點頭附和。

鬼牌就是要在該出手的時候打出來。只要她不拒絕。

——幸好**那女孩**很善良。

國王誠心這麼想。

她不想讓年輕的女孩——年紀與妹妹差不多的少女背負重擔。

無奈萬物皆有被賦予的職責（Role）。

這是必須履行的。就如同自己身為國王那樣。

他不想淪為扯出一堆歪理、妄自放棄職責的弱者。

「好，若冒險者要求支援，就在可能的範圍內盡量提供。」

「遵命。」

老者——大臣恭敬又有點勉強地鞠躬回應。

國王心想，這點小事交給他處理就行了吧。

王需要做的是當機立斷與確立方針，知識或細節部分，大可交給家臣和其他人。

——雖然太大意的話會被當成傀儡操控。

「我不在的期間，城裡狀況如何？」

「邪教徒於暗中擴張勢力這點，可說一如往常……」

回答的是紅髮樞機主教。以顧問身分協助管理都城的他，相當能言善道。

「而陛下出巡在外時，南方流行起覺知神這個可疑的宗教。」

「不信者會遭受可怕的詛咒是吧？」

「其真面目耐人尋味。」

「看來得找時間處理一下。」

年輕國王聞言，嘴角浮現兇狠笑容。

紅髮樞機主教看了，疲憊地咕噥了聲「陛下」。

國王只回了句「我明白」，望向手邊的資料。

「覺知神，與智慧之神不同對嗎？」

發問者是褐膚的宮廷魔法師。樞機主教慎重點頭：

「知識神認可自力於黑暗中前行、點亮學問之燈的人。」

「反觀覺知神？」

「則是會突然扔出名為知識的火焰。並不存在什麼道路。」

「……似是而非啊。」

宮廷魔法師深深嘆息。難怪覺知神被稱為邪神。

國王聽著兩人的對話審慎思考，提出下一個疑惑：

「那麼，我等監視不到的範圍呢——？」

「當前四方世界的秩序，尚無被擾亂跡象。」

回答的是美到與這場合格格不入的女子。

白衣包覆著性感身軀與豐滿的胸部，手拿天秤劍，雙眼以眼帶遮蔽的女子。

「難民、孤兒、無家可歸之人雖因早些年的戰事增加，所幸時勢仍不至於為無職所苦。」

侍奉至高神的大主教·劍之聖女。她彷彿歌唱般吐出話語，面帶微笑。

「畢竟，人手無論如何不嫌多。」

——她的氣質改變了不少。

和她十年交情的國王，最近常會不經意這麼想。

勾勒出的美麗輪廓不分今昔，只要是男人看了都會想一親芳澤。

然而過去的她的美，就像一朵行將凋謝、熟落前的牡丹。

如今卻不同。

耀眼的身姿與表情，純粹是朵綻放中的花。身為她的友人，國王認為這樣很好。

「啊，只不過……」

但那美麗的臉龐卻蒙上一層陰霾。困擾地垂下眉梢，身體微微傾斜。

「什麼事？妳說。」

那麼，請恕我直言。劍之聖女偷偷揚起嘴角。

「我一位重要的友人，她的神官服與珍貴鍊甲於浴場失竊。就在昨天。」

「……什麼？」

「竊賊似乎打扮成士兵的模樣——……」

國王驚訝地挑起一邊的眉毛。

儘管是件小事，還是該放在心上。不能對扮成士兵的竊賊置之不理。

不過劍之聖女卻在他繼續追問前，果斷終止了這個話題：

「總而言之，我認為必須徹底消滅哥布林。」

她帶著足以用神清氣爽形容的微笑，以這句話示意自己的報告到此為止。

其他人一副「又來了」的態度四目相交。常有的事。

國王掩飾住欲言又止的表情，清了清喉嚨。

——真是，得查個清楚才行。

「知道了，我會派人調查……接下來是冒險者訓練場的情況。」

「…………」

女商人——獨自負責訓練場相關事務的人眨眨眼。

她是在場與會者中最年輕的，其他人的視線直直落在她身上。

看了劍之聖女一眼後，她深深一鞠躬，開口說道：

「……是的，這是報告書。請陛下過目。」

她年紀雖小，氣質卻莫名穩重，幾乎不曾提出年輕人易有的空論。

話雖如此，她也並非性格乖僻的悲觀主義者，而是著重現實、確實的方針。

語調缺乏起伏，表情也不太有變化，導致她看起來比實際年齡成熟。

從報告書上整齊的格式與文字，也看得出那一絲不苟的個性。

某位貴族家的千金養完病後，以老家的資產為本錢，踏上經商之路——……

最近幾個月開始嶄露頭角的她，在此之前不曉得有過什麼樣的經歷。

——世上的才女比想像中還多啊。

國王靠在扶手上，以文件遮擋住的嘴角微微揚起。

王公貴族不能輕易表露情緒。這是應做的努力。

「……設施本身由幾座城市及公會聯手建設。但……」

女商人露出一副難以言喻的態度，思考接下來該怎麼說。

「……果然有很多人不能接受『想當冒險者得先念書』。」

「我想也是。」

國王嚴肅地點頭。

「過去我當冒險者時，也看過不少光是登記就嫌寫名字麻煩的人。」

這種人立刻就會泡在酒館，沒多久便淡出這行。

還不忘找些「要是我有實力」、「要是我家世好」——……之類的藉口。

好笑的是，他們身邊不乏其他新手冒險者。

經驗不足依然努力靠鑑定或幫人背行李賺錢，試圖提升本領的人們。

看到這些努力的人，他們卻只會嘲笑對方「白費工夫」，實在令人無奈。

「看來有必要進行意識改革。但這並非一朝一夕就能完成，教育得以長期為目標。」

「……是。因此我想藉由在訓練時提供食物，吸引以餬口為目的的人。」

「提供食物——意思是供三餐嗎。」

入不敷出的農家三男、逃走的佃農等等跑來當冒險者，這樣的情況並不罕見。

再說對冒險者懷著夢想之人，本來就必須面對食衣住等問題。

若能讓他們想著至少有訓練場的飯可吃，乖乖接受教育，事情就解決了。
「方針不錯，不過預算夠嗎？」
然而，問題不在於方法，而是達成目的所需的費用。
國王銳利的聲音，令女商人憂鬱地皺眉。
「……有困難。」
她的回答直截了當。
「……說實話會虧損。因為收學費就沒意義了。」
「國庫的錢可沒多到能拿去給不聽話的小混混白吃白喝喔？」
國王聳聳肩。若有會無限冒出小麥、金礦的國家也就罷了。
——乾脆找隻適合的龍討伐一下吧。
「陛下。」
銳利的低語忽然在耳邊響起，只見紅髮樞機主教板著一張臉。真煩。
女商人沒發現兩人的目光交流，正經地接著說：
「……是的。因此我在想，驅逐下水道老鼠或剿滅黑蟲之類的任務，能否透過訓練所委託他們？」
目前這類型的委託，是由都市或國家委託冒險者——也就是以稅金負擔報酬。
女商人提出的方案只是改成透過訓練所，實際執行下來，酬勞依舊會進到冒險者手中。

「……即所謂的實戰入門（Tutorial）。」

國王稍微睜大眼睛。因為她觀察到女商人的嘴角，掛著略顯得意的微笑。

宛如拂過水面的風引起的漣漪、細小的波紋，不仔細看就不會發現。

這表情除了符合她的年紀外，還散發出一股稚氣，甚至讓人覺得可愛。

「乾脆讓他們去剿滅哥布林如何？」

不料大臣直接扔下一顆石頭，瞬間打散漣漪。

他應該沒有惡意。大臣笑著兀自點頭，彷彿覺得這是個好方法。

「這樣大主教大人擔心的問題也——」

大臣之所以話只講到一半，是因為劍之聖女被眼帶遮住的視線刺在他身上。

不僅如此，他望向女商人求救，卻連女商人都對他投以寒冷如冰的目光。

「……也、也能解決，吧。」

大臣變得支支吾吾，氣勢全失。

國王忍住苦笑，「好了」地擺擺手：

「這主意是不差，不過若能只靠城裡的下水道解決，讓他們除鼠除蟲就好。照妳說的進行吧。」

「……謝陛下。」

女商人深深低頭致謝的瞬間——

慌亂的腳步聲自會議室外傳來，接著是制止那人的聲音，再下一秒門用力打開。

「怎麼了？現在可是會議中啊！」

「糟糕，糟、糟糕了，陛下！真的非常抱歉……！」

被在門外看守的士兵架住仍衝進會議室的這張臉，國王有印象。

記得她是負責照顧妹妹的女官。妹妹很喜歡她，兩人情同姊妹。

只見她臉色鐵青——身旁還有一名男子。

男子衣衫襤褸、狼狽不堪，彷彿剛經歷過一場戰爭。

「王——王妹殿下她！」

聽見第一王女被小鬼擄走的緊急報告，國王驚訝得立刻站起。

§

清晨，少女在他把貨搬上馬車時，出現在他面前。

「那個——不好意思。」

可愛、甜美、帶著鼻音的聲音。怎麼了嗎？他轉過身去，一名少女站在那邊。

身穿尺寸不合的神官服，手握錫杖的地母神神官。

她雙眼通紅，不停眨啊眨，不曉得是剛睡醒，還是睡不好。

看見從帽子底下露出的頭髮沾到一堆稻草，行商笑著瞇起眼睛。

——是新手冒險者嗎？

「嗯，有什麼事嗎？冒險者小姐。」

「我想去城外，可以請您載我一程嗎？」

少女說出行商堂妹的名字。是在王宮工作的優秀堂妹。

既然是堂妹介紹來的人，就幫她這個忙吧。行商點頭答應。

「可以啊。不過我要去北方，妳穿這樣不會冷嗎？」

「沒問題。我也想去北方。」

少女張嘴笑著，沒跟行商說一聲就爬上馬車貨臺。

動作雖然很有精神，卻讓人看了為她捏一把冷汗，大概是不習慣活動身體。

她把身體塞進貨物間，像突然想到什麼似的「啊」了一聲。

「啊，這是謝禮。」

她拿出一小顆紅寶石，行商瞪大眼睛。

現在這個時代偽幣很多，也有不少人會把錢幣的邊緣削掉，藉此**省錢**。

相較之下，寶石或許是最可信的沒錯……

——她真的是新手冒險者嗎？

行商第一次對她產生疑惑，是在這個時候。

地母神推崇節儉、儉約、清貧，這個付錢方式，怎麼看都不像地母神的神官。

不過，懷疑也沒用。

行商把貨物搬上馬車，坐到駕駛座，沿著車轍行駛。

王都是不眠之城。

黎明的光像一根針似的，射進有如淡奶的朝霧中。

喝到天亮的醉漢搖搖晃晃走在路上，抱著水桶的奴隸小跑步過去。

比主人更早醒來的傭人們，打開家裡的窗戶透氣。

從民家冒出的煙是在煮菜——不對。是在祭壇供奉各自信奉的神明。

馬車駛過打開店門準備開店的商店前，過沒多久就抵達北門。

郊外有好幾座鬥技場和競技場，掛著旗子公告今天的比賽時程。

一面排隊，一面遠望那幾棟建築物的，是等待入關的人吧。

城門才剛開，卻有一堆人在排隊，八成是開門前就在這邊等了。

「哎呀，人真多。」

行商抬起一隻手放在眉間，眺望隊伍，讓馬車減速。

「要等一下喔，冒險者小姐。」

「咦……」

她不滿地回應，行商轉頭一看，便看見她鼓著臉頰。

「嗯……好吧，沒辦法。」

像在鬧彆扭的語氣，令行商不禁苦笑，等待隊列整理好。

冒險者、行商、巡禮者、旅客出入城門的景象，實在很有活力。

背後是王都的街景，炊煙四起，人們開始到外面活動。

城市醒了。行商瞇眼看著這個畫面，終於輪到他出城，操縱馬車前進。

「嗨，士兵先生。早安！」

「早。很有精神啊，車上的貨物是？要送到哪裡？」

「是毛織品。送到靈峰那個方向。」

行商在認識的士兵說出「這樣啊」的同時，拿出通行手印。

每天他都會從這裡出城，雙方都習慣這道手續了。

「可以了。聽說天之火石墜落在那邊，小心點。」

「謝啦！啊，對對對。」

他差點按照習慣直接離開，急忙拉住韁繩。

「今天有個客人坐在後面。」

「噢。」士兵奸笑著調侃他：「你不會在買賣奴隸吧？」

在行商聳肩的期間，士兵看見坐在馬車貨臺上的少女。

「身分證給我看。」

「是～」

她窸窸窣窣在懷裡搜著，從胸口拉出用鍊子掛著的識別牌。

「鋼鐵等級，金髮，藍眼，十五……不，十六歲嗎。地母神的神官。要去冒險？」

「嗯。」少女挺起胸膛回答。「我要去調查靈峰的異變。」

行商看不見士兵鐵帽下的表情。

他只是無奈地說「這樣啊，加油」，輕輕拍了下馬車。

「好，可以通過了。」

「謝謝。」

馬車駛上街道，行商按照路標所指的方向，轉彎往山腳前進。

前往靈峰的旅人很少，看來火石掉到靈峰的傳聞果然是真的。

聽得見風聲、馬蹄聲、車輪轉動的喀啦喀啦聲，以及小鳥的啁啾聲。

望向東方，太陽自地平線下升起，秋天早晨爽朗的空氣令人心曠神怡。

人太多就不會有這種氣氛了吧。行商深深吸了口新鮮空氣，吐出。

「哎呀，天氣真好。」

「對呀。外面真舒服。」

坐在貨臺的少女伸展身體，瞇起眼睛，宛如一隻貓。

她似乎在享受風的觸感，行商愉快地笑道：

「聽起來像囚犯會講的話。」

「說不定類似喔。」她喃喃說道。「牢房也好，神殿也好……城堡也好。」

確實。行商點頭贊同。他聽堂妹說過，公主好像過得很不自在。

「哎，到哪都不會有輕鬆的地方啦。」

「是嗎？我——」

就在這時。

行商覺得對面的草叢動了。少女接著說道「不這麼覺得」。

——是錯覺嗎？

他反射性彎腰握住劍柄，迅速觀察周圍。

他當然沒想過要奮戰到底。為了逃走，武器也是必須的。

「……？怎麼了？」

「呃，有東西——」

還沒講完「有東西在動」就聽見狼號，行商立刻拉住轠繩。

「GORRBG！」

「GRROB！GRROOBOR！」

「——!?哥布林!?」

若是野狗或狼也就罷了，然而並不是。騎著狼，揮動做工粗糙的長槍，是小鬼。

小鬼騎兵群——竟然會出現這種東西，那不是西方的傳聞嗎!?

「！頭低下！」

「哇!?」

行商無視少女的尖叫聲，掉頭一口氣加速。

忠心的馬嘶叫一聲，直線奔向王都。

事態刻不容緩。

或許是因為看見了少女，哥布林臉上露出醜惡的笑。

「GGBBGRBBG！」

「GBOOR！GBBGROB！」

哥布林們奸笑著逐漸包圍馬車，阻擋去路。

隨手扔出的槍從頭上飛過去，刺進路面。

即使長槍刺中少女，那些傢伙肯定也不會在意。

——萬一被他們矇中（Critical），會死……！

行商拔出握在手裡的劍。劍刃在朝陽照射下閃耀光芒。

他反手重新握好至今從未用過的武器。

「要、要戰鬥對吧！好，我來幫忙！」

少女笨手笨腳地拿起錫杖吶喊。怎麼可能。行商大叫道。

「要逃啦！」

他咬著韁繩，從駕駛座跳到馬背上。馬的速度沒有減慢。好孩子。

「貨車不要了！快過來！」

「要丟掉貨物!?不行，我要戰鬥！那是哥布林耶！」

行商沒有理她。

少女用瑟瑟發抖的雙腿，站在劇烈晃動的貨車上。

長槍咻一聲刺中貨箱，少女嚇得「嗚！」叫出聲。

「總之要把貨車分離開來！快到這邊！」

「……！知道了……知道了啦！」

真難堪。

少女屁股朝著小鬼們，喘著氣爬向行商。

哥布林看了大聲嘲笑，她一定很不好受吧。

行商回頭望向少女，她眼泛淚光，滿臉通紅，緊咬下唇。

——不過，她還是來到這裡了。

行商手持單手劍抵著貨車的扣帶，叼著韁繩，左手伸向背後。

「來，快點！」

「嗯、嗯。我現在就————啊!?」

馬車壓到石頭，彈了一下。

這並非運氣不好（Fumble）。

純粹是這個動作對沒學過體術的她而言，難度太高。

伸出一隻手，張大嘴巴的她，沒能立刻明白。

嬌小身軀輕而易舉——甚至有點喜感——在不穩的馬車上彈起來，飛到空中。

要摔下去了。

咚一聲，她一屁股摔在地上，滾了好幾圈。

「啊、嗚，好痛……！」

行商望向後方，猶豫了一下，用力咬住韁繩。舉起劍，朝扣帶揮下。

一次還不夠。第二、第三劍才終於砍斷皮製扣帶，馬匹飛奔而出。

「GOOBRR！」

「GROOBOG！」

「嗚！啊!?」

他聽見慘叫聲。

行商一面策馬奔馳，一面回過頭，是因為良心使然。

癱坐在地、滿身是泥的少女身邊，圍了好幾隻小鬼騎兵。

接著，一隻小鬼跳下狼背，單手持槍慢慢接近，彷彿在威嚇她。

少女拚命揮動錫杖，彷彿孩童在揮舞木棍般。

「喂!?住、住手……你們以為、我是什麼人——啊噗!?」

行商看見少女的臉被狠狠毆打。

沉悶的聲響傳來，紅色液體飛濺。看得出她高挺的鼻樑被打斷了。

少女垂下頭，小鬼抓住她的頭髮，想把什麼東西貼在她額頭上。

——手，嗎？

「GOOBOBOB！」

「GROB！GGBORBG！」

看起來像乾掉的樹根，也像生物的手。

她無力地搖頭掙扎，小鬼硬將那東西壓上她的額頭。

行商看見那隻手的指尖立刻發光，但他無暇再觀察下去。

他拚命鞭策馬匹趕回王都，沒有回頭。

除此之外，還有什麼方法可以救她？

殺進去嗎？用劍應戰？這樣自己會死，誰都不會知道她被抓走。
行商很膽小，害怕死亡。然而，他逃走的理由並非如此。
不過抵達王都後，他有點後悔自己一個人逃跑。
不，是後悔讓那孩子坐上馬車。
因為，在城門等待他的是急忙趕過來、面無血色的堂妹。

§

聽完事情經過，國王的身體深深陷進王座。彷彿瞬間老了好幾歲。
「陛下，請立刻出兵救援……！」
「你叫我因為妹妹溜出城外、偷神官的東西、被小鬼抓走而派遣軍隊？」
一名文官急忙建議，國王反而用不屑的語氣反駁。
只見他瞬間啞口無言，文官想必也很清楚現在的狀況吧。
國王用力按住眉間，看起來既頭痛又疲憊。
「家人遇到危險，便出動國軍剿滅小鬼——我可沒這麼無能。」
沒錯——只不過是哥布林。
這一點始終沒變。剿滅小鬼是芝麻小事。

放眼四方世界就會明白。對個人生命財產而言，小鬼的問題是很嚴重沒錯，但也僅止於此。

北方山脈另一側的怪物與蠻族動不動就挑起衝突，南方也一片混沌。

諸國虎視眈眈地尋找侵略的機會，間諜、密探潛伏在四處，絲毫不容大意。

邪教徒在擴張勢力，富商們為一己之利不擇手段，在檯面下蠢動的人也不少。

因此，只不過是哥布林。

唯有這個事實，絕對不會改變。

「……可是，陛下。」

紅髮樞機主教委婉地說，國王擺了擺手。

「我明白。然而如此難堪的事被士兵知道，瞬間就會傳遍各國。這關乎我國的存亡。」

從保衛國家的角度來看，名譽、名聲比劣質的城牆更有用。

愈讓世人覺得偉大強悍，受到其他國家侵略的次數就愈少。

除此之外，國家若不維持強大的形象，國民又怎麼會樂意繳納稅金？

「不會有王公貴族想娶被小鬼碰過的女人為妻吧。」

近衛將軍低聲說道。大主教——劍之聖女與女商人狠狠瞪過去。

但他毫不在意，精悍的面容上浮現狂野的笑容。

「我是例外。我無所謂。」
「……只能找值得信任的冒險者來了。」
國王深深嘆息。
「我想也是。」
金等級的犬人冒險者用力點頭。
金等級就是為此而存在。
此刻正需要國家規模、非隸屬於軍隊，可是優秀又口風緊的要員。
金等級冒險者點頭回應國王，伸出短手在圓桌上攤開地圖。
「問題是那些傢伙的所在地。」短小的手指敲敲地圖。「你們在哪遇襲的？」
「北方。在通往靈峰的路上……」
行商憑藉模糊的記憶，在地圖上指出地點。
「……這附近。」
樞機主教、宮廷魔法師、在場的書院研究者們面面相覷。
「……果然跟天之火石有關？」
「不清楚。但是……不過……」
竊竊私語聲如漣漪般，在會議室傳開。
沒人知道所謂的世界危機會在何時，因為何事而發生。

從天而降的火石墜落至靈峰，會再度於四方世界引發災厄嗎？

王妹殿下的行動與後果，莫非是混沌的萌芽之兆……

「這一帶有可能讓哥布林築巢的地方嗎？」

「天曉得……再說，那些傢伙哪兒都能住。」

金等級冒險者與近衛將軍絲毫不理會那些竊語聲，持續交談。

兩人神情凝重，盯著地圖迅速思考。

「啊，還有狼……他們騎著狼……」

「知道了，知道了。哥布林騎兵本身不重要。無論如何，必須找到——」

他們的巢穴——正當金等級準備對行商開口時。

「**死之迷宮**。」

這句話儼然是扔進水裡的小石子。

會議室一片靜寂，沉默像波紋般擴散開來。

坐在圓桌前的人互相對視，最後視線落在同一個人身上。

她帶著完全感覺不到緊張的柔和微笑，身體靠在椅子上。

這姿勢宛如在床上等候丈夫的妻子，想必有人腦中浮現了不敬的想法。

「……神諭(Handout)降臨了嗎？」

「硬要說的話，是啟示(Inspiration)。」

劍之聖女輕輕點頭，回答國王的問題。

「很久沒聽見這令人懷念的名字了。」

位在北方盡頭、靈峰附近的迷宮——最幽深的迷宮，死之迷宮。

也是十年多前，眾多冒險者與魔神交戰的場所。

迷宮上方建了座都市，彷彿在為迷宮加上蓋子，冒險者們花了一段漫長的時間探索。

許多人以在地下十層最深處等待他們的魔神首級為目標，最後卻再也沒有回來。

樞機主教與近衛將軍皺起眉頭，金等級冒險者嚥下一口唾液。

現今已很少人有那個氣概，敢挑戰連靈魂都會輕易消失的魔窟。

絕對回不來的難攻不落的迷宮，儼然成為恐怖的象徵。

「位在北方、又有小鬼棲息，就只有那座迷宮了……」

劍之聖女的聲音微震，有人發現嗎？

眼帶底下的雙眼害怕得目光動搖，有人看穿嗎？

迷宮、哥布林、被擄走的女人、等待她的命運。

牙齒快要打起顫來的她咬緊牙關和嘴脣，有人知曉嗎……

「口風緊、優秀、值得信賴，又敢於潛入最為幽深的迷宮的冒險者。」

稱得上悠哉的嗓音，從年邁的大臣口中傳出。

應該不是想報復她剛才瞪了自己，不過，大臣擺出一副想到好主意的態度揮動手杖。

「不如就麻煩那位英雄——劍之聖女閣下出陣如何？」

劍之聖女握緊天秤劍。

眾人紛紛讚嘆，出聲附和。

她在金等級冒險者中，屬於特別的存在。

過去曾抵達迷宮最深處，誅討魔神，並且成功歸來的其中一名冒險者。

既然是六位英雄（All Stars）的一員，就可以放心了。

畢竟對手**只不過是哥布林！**

「啊……」

她開口想說些什麼——卻啞然失語。

吸進喉嚨的氣吐不出來。

她究竟打算說什麼呢？劍之聖女將快要忍不住發抖的肩膀，連著豐滿的胸部一起抱住。

我不敢去。好可怕。對不起——她說不出口。

救救我——也不可能說出口。

她是這個國家最優秀的聖職者（Priestess）。

不可能害怕哥布林。

「畢竟不能拜託**那女孩**啊……」

國王認真思考著。看得出劍之聖女的時間所剩無幾。

幾秒鐘。短短幾秒後，國王肯定會再度開口。

第一句話是「如何？大主教閣下」。畢竟他什麼都不知道。

接著是「妳願意接下這任務嗎」。這等同於死刑宣告。

劍之聖女恐懼不已，宛如腿軟的女孩，坐在椅子上將臀部往後挪。

但椅子有椅背，她有她的身分，有其他人的目光要顧慮，不能逃避。

「如何？大主教閣下。」

處刑人舉起劍……

「……不好意思。」

——細微卻堅定的銳利嗓音，擋住了那把劍。

「咦……？」

真不敢相信。繃緊身子的劍之聖女，望向聲音傳來的方向。

勇敢舉起手發言的，是不知何時離開、卻又回到這裡的女商人。

「不得無禮。」

國王擺手說道「無妨」，讓年邁的大臣閉上嘴。

國王十分欣賞她——不對。是好奇她接下來想說什麼。

「什麼事？」

「……大主教大人的同行者求見。」

「現在可是會議中啊。」

「……是銀等級的冒險者。」

大臣又碎念了一句，女商人依然用堅定的語氣回擊。

她不待國王允應，果斷開啟通往隔壁房間的門扉。

在門旁待命的嬌小銀髮侍女搖搖頭，似乎放棄阻止她了。

「我都聽到了。」

低沉、冷淡、無機質，彷彿從地底傳來的聲音。

大剌剌的腳步聲響起。

疑似妖精獵兵（Ranger）的少女站在聲音的主人旁，得意地搖晃長耳。

另一側稚氣尚存的少女，則帶著「拿你沒辦法」的微笑。

在他身後則是無奈聳肩的礦人魔法師，以及看起來心情很好的高大蜥蜴人。

奇特的組合。宛如穿戴雜七雜八裝備的流氓集團，隨處可見、早就看習慣的團體。

然而不論何人，目睹那名冒險者都不禁懷疑自己的眼睛。

骯髒的皮甲、廉價的鐵盔。腰間掛著一把不長不短的劍，手上綁著一面小圓盾。

連新手冒險者都會用更好的裝備吧。

只不過，掛在脖子上的識別牌，毫無疑問是銀等級，第三階，在野冒險者最強的證明。

「果然是哥布林嗎。」

劍之聖女下意識站起，連天秤劍自手中滑落都沒發現。

是的。女商人——曾經是冒險者的千金劍士冷靜回答。

剪短的頭髮已留長至肩膀，她撥開秀髮，對劍之聖女使眼色。

「我去。在哪。數量呢。」

劍之聖女一副隨時要站不住的樣子，深深點頭。

不停——不停地。反覆點頭。

© Noboru Kannatuki

間章「對誰來說是後臺的故事」

Goblin Slayer
He does not let anyone roll the dice.

「陛下——！我來囉——！」

門用力打開，疾風衝進大廳。

那陣風是黑色的，形似黑色長髮的少女。

少女年約十五，是新手冒險者的年紀——不過一眼就看得出並非如此。

身上的鎧甲設計以靈活性為主，施以魔法的加護。

更別說腰間那把厚重的劍，肯定不是尋常兵器。

「……咦？」

少女衝到大廳中央，疑惑地左顧右盼。

只有幾個大人物坐在圓桌前，會議已經開完了嗎？

金等級冒險者一臉尷尬，真不可思議。

少女看見樞機主教苦笑著起身低下頭，下一刻。

「好痛!?」

她的頭被人用手杖敲了下，連地獄業火都不放在眼裡的少女叫出聲來。

「不敬。」

穿長袍的賢者手拿不曉得附加了多少魔法的法杖，嘆了口氣。

賢者無視眼泛淚光瞪著她的少女，跪下來對國王行禮。

「耍什麼帥～」

少女噘起嘴，「呿」了一聲。

「有什麼關係，我跟陛下那麼熟嗚啊!?」

這次換成屁股被打，連足以致命的重力都撐得過去的少女叫出聲來。

「妳也好，陛下也好，我們也好，都有所謂的身分。給我像樣點。」

讓少女痛得跳起來的，是語氣嚴肅穩重的高䠷女劍士。

海內無雙、赫赫有名的她身材纖細，卻擁有驚人的肌力，甩著手掌說：

「勇者這副德行不覺得丟臉嗎？嗯？」

「……我覺得嫁不出去更丟臉。」

「還不都是因為沒有比我強的男人。」

勇者怨恨地看著一臉事不關己的劍聖，眼角瞥見賢者正舉起手杖。

她急忙繃緊神經，一口氣低下頭。頭髮飛揚，有如流星的尾巴。

「您有事找我，所以我來了，陛下！」

「……嗯，辛苦了。」

國王瞇起眼睛，彷彿看到溫馨的畫面，大氣地舉起一隻手，展現他的度量。

他本來就沒有要求十五歲就跑出孤兒院、成為勇者的女孩要像貴族一樣彬彬有禮。

只要「懂得對對方表示敬意」即可。

勇者說著「打擾了」，輕輕坐到圓桌的椅子上。

劍聖及賢者等人行了一禮，坐在她旁邊。

在兩位伙伴的包圍下，勇者心想「我會不會被罵啊？」觀察國王的表情後才開口。

「怎麼了嗎？之前說好我可以不必參加會議……」

「沒什麼。」國王笑著搖頭。「我把委託交給奇怪的銀等級冒險者處理了。」

噢，所以才。看見金等級冒險者的表情，劍聖一副了然於心的態度點點頭。

是銀等級冒險者接下了金等級冒險者不想接的工作吧。

冒險者也有擅長或不擅長的領域，因此這並不罕見，但若是基於王命，自然會覺得尷尬。

「……我們不必行動也沒關係？」

賢者用一如往常，但伙伴都聽得出她十分嚴肅的語氣詢問。

「還不曉得有沒有關聯，」國王說。「因此我想委託各位其他工作。」

「當然沒問題，陛下，你儘管說！」

勇者講話實在太不客氣，大臣苦笑著念了句「喂」。

話雖如此，大臣並非在責備她。先不論實情，勇者對他而言跟孫女沒兩樣。

「從天而降的火石墜落於北方的靈峰。好像有股危險的氣息。」

「查清楚，有壞人就解決掉對吧！好，交給我！」

勇者信心十足地答應，用力拍拍平坦的胸部。

國王表情微微放鬆，鬆了口氣。這樣就沒問題了。

她既然答應，就絕對會完成任務。

「有勞了，相關費用由我負責。可別說要五十枚金幣跟一把劍喔。」

「咦？不用啦。我用不——嗯!?」

「謝謝您的好意。」

勇者話講到一半，突然按著屁股從椅子上彈起來。劍聖深深低頭致謝。

疑似被擰了下屁股的勇者，悶悶不樂地靠到椅背上。

「呿。幹麼啦？又沒關係，沒那些錢也沒差……」

「這種時候要收下才有禮貌。」

賢者冷靜地說，對國王行了一禮後才開口。

「需要其他東西的話怎麼辦？」
「跟樞機主教和將軍說。我叫他們盡量配合。」
「感謝您。」
「不必謝。」
一直沒說話的近衛將軍，豪邁地咧嘴笑道。
「如果我也還是冒險者，就能與你們同行了。可惜我家的大將一直叫我不要行動。」
「其他人也叫我安分一點。說我太恣意妄為，有損國王的面子。對不對？」
國王徵求樞機主教的意見，樞機主教嘆著氣說「什麼叫對不對」。
「請您別說『對了。屠龍不就能增加國庫收入了嗎』之類的話。」
「阻止他也沒用吧。」
插嘴的是一直待在門邊的嬌小銀髮侍女。
她聳聳肩膀，不帶感情的低沉冰冷聲音，透出些許的溫度。
「畢竟他是這個國家最偉大的人，雖然我不知道為什麼。」
「沒錯，我很偉大喔。」
一群人無意義——不分上下的交談。
「……」

賢者美麗的臉龐浮現淺淺的——幾乎看不出來的笑容。
那是與自己跟兩位重要的伙伴類似，世上絕無僅有的緣分。
能看見這番景象，賢者覺得既溫馨，又高興。
她又行了一禮，立刻去和樞機主教一行人討論詳情。
劍聖會在與戰鬥有關的部分發表意見，至於勇者，她完全沒在聽。
她似乎突然想到什麼，衝向金等級的犬人。
「大叔，大叔！上次的故事你還沒說完！」
「上、上次？」他眨眨被毛覆蓋的眼睛。「噢，和大怪鳥單挑那個？」
「對對對。上次魔神群在你講到一半的時候來了，我想聽完！」
「好啊。」
犬人拿起掛在腰上的酒瓶喝酒，為勇者講起故事。
賢者及劍聖往那邊瞥了一眼，目光柔和，一副拿她沒辦法的樣子。
——這樣就好。
國王見狀，如此心想。
勇者並非只有武力可取。她的力量並不全來自於武勇。
這名少女為眾人所愛的，是那能在無意識間摘掉不和的芽苗的個性。
——她一定能拯救世界。

他也當過冒險者，卻不小心戴上了王冠。

他衷心希望召集以前的伙伴，圍在地圖旁邊制定冒險計畫。

不，要這麼做的話，乾脆自己踏上旅途，親手拯救妹妹。

哥布林的威脅、惡魔復活、死靈占卜師、天之火石，全靠自己解決……

——然而，這並不可能實現。

國王發現自己的手指陷進座椅扶手，放鬆下來。

如今的他貴為一國之王。跟只是個守序善良的君主（Lord）的時期不同。

他該率領的不是六人團隊，而是凡人（Hume）的國家。

他該挑戰的不是灰暗的迷宮，而是廣大的四方世界棋盤。

——坐到這個位置上後，第一次產生這念頭啊。

國王不經意地望向大廳的門。

想起與劍之聖女、女商人一同踏上旅途的冒險者。

國家、王都、世界的問題，由自己和她負責處理。

——所以我妹妹，就拜託你們了。

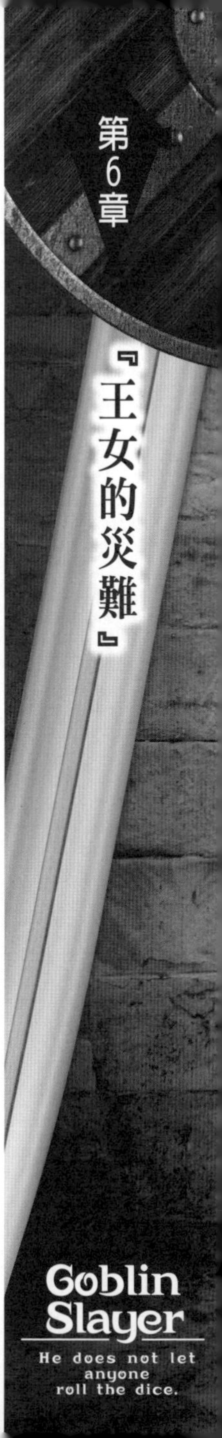
第6章
『王女的災難』
Goblin Slayer
He does not let anyone roll the dice.

「……好久不見。」

千金劍士在走廊上快步前進，靦腆一笑。

接受國王委託的一行人正趕著出發，連花時間討論都嫌可惜。

哥布林殺手大剌剌地加快腳步，蜥蜴僧侶也闊步走著。

逼得女神官與礦人道士小跑跟在後頭，妖精弓手倒不成問題。

「真的……」女神官邊跑邊瞇起眼睛。

昨晚的事件過後，緊繃的心情好像稍微放鬆了點。

「妳看起來很有精神，真的是太好了。後來過得怎麼樣呢……？」

「……一直是這種感覺。」

千金劍士簡短回答。

她身上並非之前的冒險者裝扮，而是整齊的禮服。

削去的頭髮留長了一些，眼睛炯炯有神，臉頰透著薔薇色。

——過得很充實呢。

思及此，女神官忽然感覺眼中泛出淚水，急忙眨了眨眼。

「不過，為什麼妳知道我們在王都……？」

「……妳以為當初委託你們救出我的是誰？」

表情變化不多的千金劍士，露出淘氣的淺笑。

「啊。」

經她這麼一說，女神官也想通了。

劍之聖女、她認識的冒險者、裝備鍊甲的神官——原來如此，難怪。

同時也明白，是她靈機一動把他們找來。

「……沒問題嗎？」

千金劍士接著這麼問，女神官想了一下。她指的是什麼？

是為她在那之後，又接了近一年的剿滅哥布林委託擔心嗎？

是為她繼續跟他待在一起——以冒險者的身分——擔心嗎？

還是在為她的寶貝鍊甲被偷擔心？

或是在擔心鍊甲被偷，害她現在沒有防具？

儘管借得到新的神官服——少了熟悉的重量，女神官仍非常不安。

最後，女神官露出曖昧的微笑回答：

「大概……沒問題。」

「不過，要怎麼辦？」

妖精弓手像在跳舞般奔跑著，回頭詢問。

「那傢伙一大早就出發了，現在追過去也來不及……」

「……我們已備好馬匹。快馬。」

「光是這樣也追不上吧。」

妖精弓手豎起食指，在空中繞圈。

「就算對手是——呃，是叫哥布林騎兵嗎？就算騎的是狗，速度也不容小覷。」

「那就用我的法術吧。」

礦人道士咚咚地跑著，抱住裝觸媒的行囊。

「省著點雖然沒壞處，該用的時候就別手軟。」

「拜託了。」

哥布林殺手的回應簡潔有力，礦人道士「嗯」一聲點頭。

法術在戰鬥中是珍貴的戰力，但追不上敵人的話，連開戰的機會都沒有。

反過來說，若要進入最幽深的迷宮——無論如何，都得先休息一晚。

沒調整好狀態就擅闖迷宮，只會面臨比死亡更可怕的命運。

「話說回來，哎呀呀，貧僧可真是受龍眷顧吶。」

蜥蜴僧侶卻愉快地轉動眼珠。

「與小鬼殺手兄一同剿滅小鬼，如今竟要潛入最為幽深的迷宮。」

他似乎發自內心感到喜悅，邊走邊用尾巴拍打地板。

「況且小鬼殺手兄看起來也頗有活力。」

「是嗎。」

他大刺刺地繼續直走，不帶躊躇。

看見他的背影，女神官、妖精弓手、千金劍士互相使了個眼色，苦笑。

——說不害怕是騙人的。

最幽深的迷宮。魔神王在十年前的戰爭中當成根據地的恐怖場所。

那裡本來是練兵場之類的設施，因此總共有地下十層這件事是公開情報。

然而，內部構造徹底變更過，還會湧出趨近無限的怪物。

倘若怪物不知為何不會掉落財寶，因此少了為財寶而來的冒險者……

——世界肯定會毀滅。

真諷刺。女神官心想。

到頭來，用以號召人類拯救世界的口號並非大義名分，而是欲望。

地位、名聲、金錢、武勳、財寶。這些東西本身絕非可憎之物。

距今超過一年以前，決心成為冒險者時，神官長曾在神殿告訴她。

欲望是欲求、希望。生存意志。所以是好的。

但。神官長還教會她一件事。

有些冒險者會用與搶劫無異的手段，奪走其他冒險者的行囊，以湊齊自己的裝備。

有些冒險者會追求聖鎧或妖刀，始終不去挑戰魔神，淪為在地底深處徘徊的存在。

必須小心這種人。不能變成這種人。

事實上，珍貴的裝備被人偷走，對方像硬塞給自己似的留下寶石，令女神官覺得神官長說得很對。

那個扮成士兵的女孩——公主殿下，根本沒顧慮到女神官的心情，心裡只有自己。

無異於哥布林的存在——是被他影響過頭了嗎？女神官冒出這樣的想法。

「……我不太想說這種話，不過，妳不介意嗎？」

妖精弓手悄聲詢問女神官。這句話她也覺得說得很對。

那個人對自己做了那種事，誰管她啊。

心中絲毫沒有這種黑暗的情緒——女神官沒有臉這麼說。

——可是。

她握緊雙手，低喚著地母神的聖名，讓那種想法沉澱下去。

「總不能因為這個理由，就覺得她被怎麼樣都無所謂吧。」

——沒錯。祈求、希望某人吃盡苦頭，並為此感到喜悅。

這豈不是更像哥布林？不能變成這樣。

去救她吧。

叫她把裝備還來。

對她生氣，責備她，讓她反省。

這樣就能解決的話，該有多好啊。

「……嗯。」

妖精弓手輕輕晃動長耳，點頭。

「那就好。我們走吧！」

「是！」

女神官小跑步追上哥布林殺手的背影，閉上眼睛，向地母神祈禱。

但願如此。

§

「幾位請留步。」

一行人從馬廄裡選出自己要騎的馬時，被人從後方叫住。

所謂的快馬——其實是軍馬，因此腿沒有像賽馬那樣細到一副隨時會折斷的樣子。

強壯的好馬，共三匹。

蜥蜴僧侶身材魁梧，所以單獨騎一匹；妖精弓手抓著轡繩，與礦人道士共乘一匹。

正準備騎上最後一匹馬的哥布林殺手，手扶在馬鞍上回過頭。

「怎麼了。」

「我還以為，您已經離開了。」

劍之聖女手放在豐滿的胸前，控制過快的心跳，喘著氣跑過來。

站在門口的她，只花了短短幾秒就調整好呼吸。

她臉頰泛紅，吐出一口氣，優雅地低頭行禮。

「首先，那個……這次非常感謝您。」

「不用道謝。」
哥布林殺手斬釘截鐵地說，鐵盔左右搖晃。
「這是我的工作。」
「……是。」
劍之聖女陶醉地點了下頭。
「查到的資料整理在這。我不明白的部分很多。」
他交給劍之聖女的，是用亂七八糟的字寫成的文件。
她珍惜地接過，將其擁入懷中。
接著將手伸進與汗涔涔的肌膚貼在一起、微微透光的薄衣裡。
隨後恭敬地交給哥布林殺手的，是用數張羊皮紙做成的卷軸。
「這是到迷宮四樓為止的地圖……雖然只記載了我記得的部分。」
「四樓？」
哥布林殺手接過卷軸，沒有打開，直接遞給蜥蜴僧侶。
騎在馬上的他用長爪靈活地拎起羊皮紙，攤開地圖。
地圖上的方格，被以草寫而言頗為工整的字跡填滿。
「哦──」蜥蜴僧侶忍不住讚嘆。「畫得真好。」
「因為我以前是負責製圖的（Mapper）……」

「沒記錄到最下層嗎。」
「四樓充滿魔力與瘴氣，是那座迷宮的心臟。」
劍之聖女露出的嬌羞笑容，很快就消失了。
「如果各位下到比第四層更深的地方……」
她用失明的雙眼掃過一行人。
「……會回不來的。」
女神官忍不住與妖精弓手面面相覷。
妖精弓手──女神官恐怕也一樣──臉頰僵住，輕輕聳肩，垂下長耳：
「聽了可高興不起來呢。」
「……畢竟，成千上百的挑戰者之中，只有極少數能從深處回來。」
坐在妖精弓手前面的礦人道士雙臂環胸，捻著鬍鬚：
「我也常從叔叔那聽說恐怖的傳聞。」
「何況，各位是沒辦法下到更深處的。」
劍之聖女將手再次伸向直到剛才都還按著的胸口。
「因為沒有這個……」
她解下胸前的飾帶。
看見些微魔力所發出的淡淡燐光，女神官瞪大眼睛。

聽來的知識、憧憬與各種情緒，在心中交織成確信。

莫非是，據說由魔神王持有的力量泉源——

「……護符(Amulet)嗎!?」

「並沒有那麼了不起。」

劍之聖女慈祥地為可以用天真無邪形容的少女解釋，握緊藍色繩結。

「只是條藍色緞帶(Ribbon)。用來進入地下深處的鑰匙。」

她將緞帶連同自己的手，一同放在哥布林殺手的掌心上。

「我在此等候各位平安歸來。」

哥布林殺手沒有立刻回答。放在皮製護手上的手正瑟瑟發抖。

「知道了。」經過短暫的沉默，他開口說道，握住緞帶。「我是這麼打算。」

哥布林殺手將緞帶塞進雜物袋，扶著馬鞍跳上馬。

接著對女神官伸出手：

「上來。」

「啊，好、好的！」

女神官急忙抓住他的手，被用比想像中更大的力氣握住，一把拉起。

一陣飄浮感過後，嬌小的她已經坐到他身前。

「哇，噢、噢……」

由於沒有馬鐙，為了穩住搖搖晃晃的身體，女神官一隻手抓住鬃毛，哥布林殺手從後面撐住她的背。

她清楚感覺到皮甲堅硬的觸感，大概是因為神官服底下沒穿鍊甲。

「小心別掉下去。」

「是、是。我會注意……」

她挪動平坦的臀部坐穩，覺得在這種狀況下聲音拔尖的自己很丟臉。

哥布林殺手沒再關心低下頭的她，環視眾人。

「出發。」

蜥蜴僧侶應了一聲，用小趾刺向馬的側腹。

軍馬發出氣勢洶洶的嘶鳴，在石地板上奔馳，馬蹄聲同樣響亮。

「好！」

妖精弓手也踢了下馬，軍馬高高抬起前腳。

「喂、喂，嘿，鐵砧！妳在幹麼……!?」

「哇哇!?乖乖乖，冷靜點……出發囉！」

差點落馬的礦人道士驚慌失措，後頭的妖精弓手輕輕撫摸軍馬的脖子。

能與野獸心靈相通，也是森人的絕技。軍馬立刻安分下來，隨著韁繩一甩飛奔而出。

最後是哥布林殺手，他轉頭望向劍之聖女，以及站在旁邊的千金劍士。

然後點了下頭，默默甩動韁繩。

女神官被馬的速度嚇得按住帽子，「哇！」地驚呼出聲。

然而，那也只是眨眼間的事。嘹亮的馬蹄聲蓋過她的聲音，冒險者轉眼就踏上旅程。

國王似乎已經知會過看守城門的士兵。他們肯定會直接衝出城門。

「……妳還會——」

千金劍士瞇起眼，隔著馬蹄揚起的塵土目送他們離去，咕噥道。

「……妳還會，想去冒險嗎？」

「誰知道呢。」

劍之聖女沒有正面回答。

她靠著撐在地上的天秤劍，煩惱地嘆了口氣。

「幫助我重新振作的，是與伙伴一同參與過的冒險。可是……」

眼帶底下的雙眼望向遠方。北方。過去的冒險舞臺。迷宮。他的目的地。

但她正在凝視的，肯定是過去的記憶。

在第一次的冒險途中，遭到哥布林襲擊。

遇見伙伴是之後的事。

因此，那段駭人的經歷烙印在雙眼內側，絕對不會消失。

雖然當時她在那座昏暗的迷宮中努力站起來，不斷走著。

「……我已經沒有勇氣，挑戰恐怖的事物。」

手突然抖了一下。不對，是本來就顫抖著。打從在會議室聽見哥布林的情報起。

——不對。

打從不得不行經據說有哥布林出沒的街道、前往王都的那一刻起，就一直在顫抖著。

只有他在身旁保護自己時，才能停止發抖吧。

「我是個、懦弱的女人。」

千金劍士將這句話，當成對剛才那個問題的回答。

她抬頭仰望天空。一片湛藍，白雲飄過，陽光普照，早晨的天空。

這片天空下有哥布林。無論何時都有。無論何處都有。

「……可怕的東西就是可怕。」

因此她才能坦率地說出口。劍之聖女像小女孩似的歪過頭：

「妳不會覺得必須走出來嗎？」

「也不是沒這麼想過。」

千金劍士如此回答，嘴角浮現淺笑。

「……不過，光面對就讓我費盡心思了。」

我們走吧。千金劍士對劍之聖女說，轉過身去。

被眼帶遮住——被眼帶守護住的雙眼，無法眺望世界。

他那黑影般的輪廓，消失在溫暖的陽光下。

劍之聖女望向手中字跡潦草的資料，彷彿在追尋他的殘影。

輕輕撫摸，指尖就能感覺到他用的墨水。讀取他的文字。

劍之聖女像在尋求依靠似的，感受那觸感，輕聲嘆息。

「哥布林這種東西，如果能消失不見就好了。」

§

地上的生物中，能持續走最久的是凡人（Hume）。

然而在速度及馬力——字面上的意思——方面，馬還是優於人類。

五位冒險者騎著三匹駿馬，穿過城門，於大道上奔馳，迅如疾風地往北方前進。

沒錯，是風。有顏色的風。就算是馬，這速度也並不尋常。

「『風的少女（sylph），請妳接個吻。為了我等馬匹的幸運』。」

答案是礦人道士的順風之術（Tailwind）。

礦人召來的風精包圍馬匹，協助牠們加速。

「原來如此。這樣就算我們落後哥布林，也追得上他們。」

神情相當嚴肅。妖精弓手晃動長耳傾聽風聲，笑道：

「之前在海上的時候我沒意識到，礦人也會操縱風，有點意外呢。」

「哎，稱不上擅長就是。」

該高興得到森人的稱讚，還是該哀嘆韁繩落到森人手中？

煩惱過後，礦人道士板著臉滔滔不絕地說：

「不過，必須用火、水、風鍛造地裡的礦才能煉成鐵。所以我對四大精靈還算有點心得。」

「無論如何，但願能在進入迷宮前追上吶。」

蜥蜴僧侶穩穩抓著韁繩，凝視遠方。

將長尾放在後方維持平衡的姿勢，看上去挺有模有樣。

「當然迷宮本身也令貧僧躍躍欲試。哎呀，該說左右為難嗎。」

——雖然早就知道他擅長駕馭馬車。

女神官瞄了蜥蜴僧侶一眼，心想「還是有點意外呢」。

騎術是戰士的必備技能——的意思嗎？

「唔……」

這時，背後——頭上傳來低沉的聲音。哥布林殺手似乎注意到了什麼。

女神官急忙望向前方，破碎的貨車倒在路上。

哥布林殺手停下馬，其他人也配合他暫時駐足。

一行人騎在馬上觀察現場——嗯，哥布林把物資都拿走了，一如往常。

貨物之類的東西被搜過、敲碎，破掉的衣服布料散落周遭。

女神官發現那是自己的衣服，繃緊身子。

——嗚……

該怎麼說呢，一陣頭暈目眩。

假如，那個時候。

他沒有來到她第一次踏進的洞窟……

「看樣子並未當場遭到輕薄。」

但也只是這樣而已。蜥蜴僧侶疑惑地說，如他所言，現場只有打鬥的痕跡。

女神官覺得明白這個事實的自己有點討厭，跟著觀察現場。

——沒看到鍊甲。

她有點沮喪，同時找到一樣東西，眨眨眼睛。

「啊！」

也難怪她會忍不住叫出聲。

她扭動身軀，從哥布林殺手前面下馬，小跑步過去。

「怎麼了。」

哥布林殺手問。女神官撿起來給他看，以代替回答的東西，是扔在地上的錫杖。

侍奉地母神之人用的錫杖——她的，錫杖。

「運氣不錯耶。」

妖精弓手對她說「太好了」，女神官點頭回應：「是！」

「不過……上面幾乎沒有血跡呢。」

女神官食指抵在脣上思考。也沒看到屍體。結論只有一個。

「我想，她大概是一下就被抓走……」

「……聽說哥布林拿著咒具還是什麼東西靠近她。」

妖精弓手垂下長耳，喃喃說道。

大概是想到之前闇人(Dark Elf)得意洋洋地揮動的乾枯手臂吧。

「意思是，活祭？」

「八成沒錯。」

礦人道士捻著鬍鬚思考，肯定妖精弓手的推測。

「擄走公主的話，通常是抓去當新娘，不然就是勒索贖金或當成活祭。」

「問題在於他們是盯上公主，還是碰巧抓到公主。」

哥布林殺手觀察現場，轉頭望向蜥蜴僧侶。

「怎麼看？」

「公主碰巧離家出走，碰巧經由這條街道前往北方，碰巧在這遭到襲擊，被抓去當活祭。」

蜥蜴僧侶扳起手指計算，長脖子慢慢左右搖動。

「不可能。」

「我想也是。」

哥布林殺手回道。

「若以公主殿下為目標，計畫未免太過鬆散。」

「那就沒必要花時間在這個地方囉。」

妖精弓手甩動韁繩，踢了下馬的側腹，再度飛奔而出，一邊吶喊著：

「走吧！不快點會追不上他們！」

女神官連忙攀住哥布林殺手的馬，讓他把自己拉上去。

他們再度啟程。

但是，即使馬匹因為「順風」的關係不會疲勞，騎在馬上晃動的騎手可沒那麼輕鬆。

一早就在街道上不停奔馳造成的疲憊，比想像中更折磨身體。

以體力自豪的礦人道士及蜥蜴僧侶自然沒問題。身為戰士的哥布林殺手也沒有大礙。

身材纖細的妖精弓手與女神官，表情卻逐漸緊繃。

不久前才剛露出頭的太陽，如今已經高高掛在天上，初秋的秋老虎陣陣襲來。

女神官喘了口氣，撐著在馬鞍上搖晃的身體拿起水袋。

她喝下一口水，抬頭望向身後的他的鐵盔。

「要喝嗎……？」

「不。」他看著前方，低聲說道。「不必。」

「這樣呀。」

女神官小聲回答，又喝了一口水滋潤嘴唇，塞好塞子。

「小鬼殺手兄。」

瞥見這一幕的蜥蜴僧侶簡短地說。

「始終維持這麼快的速度，身體會吃不消喔。」

「休息嗎。」

「貧僧是如此建議。」

哥布林殺手沒有回應，女神官說「我還撐得下去」也被他無視。他凝視前方，鐵盔轉向妖精弓手。

「如何。還聽不見嗎。」

「還沒……」妖精弓手皺著眉頭，搖晃長耳。「……等一下。」

她默默抬起臉，瞇細眼睛。長耳不停微微抖動。

「風……狼的低吼聲……」

「哥布林嗎。」

妖精弓手吸了下鼻子。

「還有像腐肉的氣味！」

「果然是哥布林嗎。」

哥布林殺手在如此斷定的同時，抬腳踢馬的側腹。

軍馬高聲嗚叫，留下女神官「哇！」的驚呼聲，瞬間衝向前方。

礦人道士見狀，無奈地拍了下額頭，仰天長嘆。

「真是，提到哥布林就這麼有精神！長耳丫頭，韁繩拿過來！」

「交給你了！」

妖精弓手大喊，立刻放開韁繩，拿起背上的大弓。

要在馬上——何況是兩人共乘——使用這把弓，有點太大了。
但她卻穩穩踩住馬鐙，從背上的箭筒抽出箭。
將三支箭架在大弓上的模樣，如雕像般威風凜凜。
長耳不停顫動，妖精弓手光憑氣息就瞄準目標，連續射出三支箭。
在空中劃出弧線的箭，是真正意義上的響箭。
「GOROBGR!?」
「GBB!?」
狼的哀號聲響起，接著是兩聲小鬼模糊的慘叫。
跑在前頭的哥布林殺手，也終於看見小鬼的身影。
對小鬼來說，正午等同於深夜。
他們應該是嫌陽光太強，在街道旁的樹蔭下休息、睡午覺吧。
伙伴和狼被射中，嚇得哥布林急忙跳起，剩下大約五隻。
參差不齊的服裝和裝備與一般哥布林無異，不過全身都刺著詭異的刺青。
「GOROBG！GOORO！」
「GROBOGORO！」
小鬼直接往還在睡的伙伴身上踢下去、踩下去，爭先恐後衝向狼。
喝到一半的酒跟食物殘渣都放置不管，東西拿都不拿。

「那怎麼看都不是本隊啊。」

手握韁繩的礦人道士瞪著落荒而逃的哥布林，一臉無奈。

「看來是太專注在掠奪上，因而脫隊了。」

「什麼嘛。」妖精弓手傻眼地說。「蠢斃了。」

「就結果來說，是哥布林用來爭取時間的手段。」

不痛快。哥布林殺手嘀咕道。

哥布林沒有「自願為伙伴當棄子」這種可敬的想法。

不過，跑在前頭的哥布林都希望被丟下的蠢貨能為自己犧牲。

因為他們統統相信自己不會那麼笨。

就算有小鬼能想像自己落得同樣的處境，他們也有信心成功逃離。

哥布林就是這種生物。

「全部殺光。」

哥布林殺手冷冷做出決定。該做的事依然不變。

「追擊戰。對象逃走中。數量五。沒有陷阱的氣息。上。」

「喔！」

蜥蜴僧侶露出父祖代代相傳的兇猛笑容。

「將那些傢伙的首級化為功德！」

他把韁繩纏在手上，雙掌一拍。

「『伶盜龍的鉤翼呀，撕裂、飛天，完成狩獵吧』！」

掌中的牙齒瞬間膨脹，研磨成牙刀。

「小鬼殺手兄，獵兵小姐，麻煩支援！」

「嗯。」

哥布林殺手輕輕點頭，隨手放開韁繩。

「拜託了。」

「哇！」

女神官連忙接住韁繩，卻不知道該如何是好。

——我從來沒騎過馬耶!?

仔細一想，這也是第一次。為什麼自己的第一次經驗都這麼慘。

女神官不禁覺得想哭。但願詢問背後的人的聲音不要帶著哭腔。

「哥、哥布林殺手先生！那個，我該怎麼做……!?」

「握好韁繩，看前面。」

答案簡潔到殘酷的地步。

哥布林殺手從雜物袋中取出投石索與小石子，簡短地說。

「很快就好。」

確實如此。

在妖精弓手架起下一支箭的期間，哥布林殺手甩動投石索。

投石索在他身旁縱向旋轉，石頭咻一聲飛出去。

看見他的投擲法，拚命抓緊韁繩的女神官瞪大眼睛。

──那樣就不會打到馬的脖子了。

此刻她沒那個心思學習，之後再去向他請教吧。女神官將這件事記在小小的胸口。

「GBBBOROGB!?」

一隻哥布林頭部被石塊砸中，脖子朝異樣的方向扭曲，當場斃命。

剩四。不──

「嘿咻……！」

妖精弓手瞄準目標，放箭。

近似特技表演的一箭，從狼的腳邊彈起，射穿喉嚨。

「GOORBGRGOB!?」

又一隻小鬼從慘叫的狼背上摔落。

哥布林殺手騎的馬無情地踩碎小鬼的頭蓋骨，腦漿飛濺。剩三。

「哼哼。」

妖精弓手挺起平坦的胸部，八成只是想與哥布林殺手競爭。

「有什麼好得意的。」她的長耳選擇性忽略礦人道士的碎碎念。

剩下這麼幾隻，已經夠了。

「咿咿咿咿咿咿咿咿咿咿呀——！」

蜥蜴僧侶大叫一聲衝了出去。大嘴咬著轡繩，雙手拿著兩把牙刀。

面對——實際上是背對——戰鬥民族蜥蜴人四處逃竄的小鬼，根本不是敵手。

牙刀左右揮舞，瞬間砍下兩、三顆首級。

髒血發出類似笛聲的聲音噴出，從頭頂淋下，蜥蜴僧侶吁出一口氣。

被可怕的龍之末裔一瞪，誰承受得了？

活下來的狼哀號著捲起尾巴，如脫兔般從大道逃往原野及山中。

「要追狼嗎？」

「那不是哥布林。」

蜥蜴僧侶的語氣滿溢對戰爭與血的激情，哥布林殺手回道。

「有沒有看見那些傢伙的刺青？」

「看見了。」他晃了下長脖子。「圖案與之前的小鬼相同。」

「嗯。」哥布林殺手點頭，鎮定地對女神官說：「可以了。」

「啊，好的……」

他將手伸向女神官，接過韁繩緊緊握住。

即使有「順風」的效果，在這場戰鬥中，馬匹仍被迫用更快的速度奔跑。

見牠嘴角有點冒出白沫，女神官擔心地摸著軍馬的脖子。

「哥布林殺手先生，別太……」

「……我知道。」

哥布林殺手一面讓馬減緩速度，一面咬牙切齒地說。

明知道自己沒錯，女神官還是繃緊身體。

若不能在路上換馬，一行人就只得放慢速度。

望向北方，遠方的靈峰在太陽照射下，仍然漆黑一片。

頂點被雲遮住——怎麼想都不是人類該涉足的地方。

通往頂端的路途中，與深淵連接的奈落正張著大嘴，等待冒險者。

被擄走的公主也在。哥布林也在。

「……看來要等到明天了。」

最為幽深的迷宮，還離他們很遠。

第7章 『胎魔的心跳』

Goblin Slayer

He does not let anyone roll the dice.

——宛如血泊。

這是女神官的第一印象。

晨光宛如鮮血，自刺向天際的山頂滴落。

下方的城堡遺址漆黑如乾掉的血跡，像液體似的擴散開來。

過去的國王蓋的近衛兵試煉場，冒險者們聚集的城塞都市。

現在和，以前。

魔神王遭到討伐後，冒險者也跟著離開迷宮。

被炙熱的陽光照亮的都市，如今只是座空城、殘骸、廢墟。

——照理說是這樣。

從遠方傳來的陰暗氣息，令女神官微微顫抖。

往旁邊一瞄，可靠的妖精弓手繃著臉抖動長耳。

最幽深的迷宮、最邊遠的深淵——死之迷宮（Dungeon of the Dead）。

魔神王過去的潛伏地，充斥死亡與疾病的深穴。

其亡骸彷彿仍在齜牙咧嘴，企圖咬碎冒險者。

蓋再多城牆防禦，都抵擋不住吧。

「有足跡。」

哥布林殺手冷靜的聲音，使女神官猛然回神。

他一如往常，蹲下來用指尖碰觸地面。

「狼和哥布林。不會錯。」

「可是，要探索的話有點費工啊。」

礦人道士瞇起眼睛。把手放在額前，眺望城址。

他突然想打嗝，連忙從腰間拿起酒瓶，拔開塞子喝酒。

從結論來說，結果他們選擇趕路。

連花時間休息都捨不得，徹夜奔波。

馬匹自不用說，冒險者也疲憊不堪。

經過數小時才下馬的他們，把韁繩綁在曠野的樹上。

馬兒們一副無奈的樣子低頭吃草，女神官往那邊看了一眼。

——難怪冒險者都不騎馬。

飼料、水，潛入洞窟前還需要找地方讓牠們休息。

能理解自稱自由騎士的人，為何大多選擇用走的。
——那聖騎士（Paladin）又怎麼樣呢？
因疲勞而思緒不清的大腦，思考著無關緊要的問題。
這樣不行。女神官拍拍臉頰說道：
「對呀。雖然只到地下四層，但還有那座城塞……」
「費工嗎。」
哥布林殺手起身拍掉兩手的土。
「他們是哥布林。深信自己很聰明。」
「所以？」蜥蜴僧侶問。他正在晒太陽。
夜晚冰冷的空氣逐漸接近，足以讓蜥蜴人身體緊繃起來。
「他們肯定覺得待在最高的地方，或是最深處的地方的傢伙最偉大。」
哥布林殺手搜索雜物袋，拿出一塊皮革及兩片圓盤狀水晶。
他將皮革捲成筒狀，從兩端塞進水晶，用繩子綁起來固定。
「那是什麼？」
想當然耳，妖精弓手搖著長耳，雙眼發亮，好奇地觀察。
「望遠鏡。」
哥布林殺手把望遠鏡拿到鐵盔的面罩前，望向都市，妖精弓手伸手叫著「借我看借我看」。

她的眼睛緊貼著哥布林殺手默默遞出的望遠鏡。

「……原來如此。」

接著沉吟道。難怪她的長耳會無力垂下。

『我門的成市。』

掛在入口處的看板上，寫著塗鴉般的血字。就連小孩都不會有這麼多錯字。

旁邊放著一、兩顆人頭，恐怕是原先負責監視迷宮的士兵。

哥布林並不強。

只不過是因為，在狹窄的城址中被數十隻哥布林襲擊，等於在洞窟裡遭到包圍。

「『我們的城市』嗎……所以，要怎麼做？」

妖精弓手「唔嗯」苦著臉把望遠鏡扔回去，哥布林殺手「嗯」了一聲。

他解開繩子攤開皮革，將水晶放進去包住，塞進雜物袋。

「我在思考。」

「用火？用水？煙？還是又要搞爆炸？」

「不。」哥布林殺手搖頭。「不考慮。」

什麼嘛。妖精弓手扠著腰噴氣，礦人道士一臉無奈。

「怎麼看？」

「待貧僧想想……」

蜥蜴僧侶抖抖身子，儼然是隻剛晒完日光浴的野獸。

他抬起長脖子，望向城址，緩緩搖頭。

「固守城池主要是在有援軍的情況下，或是沒有援軍的情況下才會執行。」

「呃、呃……？」

——不就只有這兩種情況嗎？

聽不太懂這番話的女神官皺起眉頭，蜥蜴僧侶轉動眼珠。

「知道援軍會來，在等待援軍時執行。另一種情況，則是已經無計可施時。」

也可以用來拖延時間，待敵方耗盡兵糧。蜥蜴僧侶自言自語，搖動尾巴。

「無論如何，貧僧都不認為小鬼會明白……」

「對呀。」妖精弓手點頭附和。她並沒有瞧不起小鬼，不過。「畢竟是哥布林嘛。」

「……然而。」

蜥蜴僧侶支吾其詞，女神官從下方觀察他的臉。

儘管不及哥布林殺手，這位高大的蜥蜴人的表情也很難看出來。

「怎麼了嗎？」

「難以斷言地底深處不會出現援軍。」

與剛才同樣的寒意，再度襲向女神官。她握緊錫杖。

是不是搞錯了什麼？這個念頭也在瞬間閃過腦海。自己明明是鋼鐵等級。

「……果然，要點火嗎？」

妖精弓手似乎想表示「這次不用火也沒辦法」，哥布林殺手斷言道：

「不。」

即使是沒有半個居民、只會隨時間腐朽的廢墟。

「因為那是城市。」

城市終究跟遺跡、迷宮、洞窟不同。

哥布林殺手下達結論，妖精弓手露出無言以對的表情。

「再說，儘管當初趕工搭建，畢竟是石造的城市喏。」

長耳朵的不懂建築啦。礦人道士半是無奈地說。

他用雙手的大拇指與食指圈出一個圓，眺望城址，做出推測。

「潛伏在街上的小鬼應該能一網打盡，但光憑我們帶的油，有那麼點不夠燒。」

「法術呢？」

妖精弓手反射性詢問，抖動長耳，叫礦人不要誤會。

「好啦，我知道礦人會的攻擊法術不多。」

「就算會好了，我想避免進迷宮時沒法術用啊。」

「潛入嗎。」

換言之，只能採取正攻法。聽見哥布林殺手這句話，一行人同時點頭。

「潛入迷宮，救出公主殿下，解決哥布林的意思。」

妖精弓手豎起食指，在空中繞圈，點頭。

「行。很簡單嘛。」

蜥蜴僧侶以奇妙的手勢合掌，言近旨遠地開口：

「與去雜貨店購買提燈，討伐大蛇無異。」

「那是什麼？」

「任何冒險，以短短一句話概括都只有這點程度……的一句諺語。」

「這樣啊。」

妖精弓手看似明白，又不太明白。

她已經在大弓上裝好蜘蛛絲弦，拉緊幾次確認狀態。

沒搭箭就空擊會傷到弓，因此森人都是採取這種做法。

礦人道士檢查完同樣裝著**武器**——觸媒的行囊，感慨地說：

「雖然每次都差不多，但還真夠麻煩。」

「未必。」

哥布林殺手一面迅速檢查自己的皮護手、鎧甲、劍，一面回答。
「該做的事顯而易見。很輕鬆。」
「……哎，嚙切丸就該這樣。」
被礦人道士輕輕拍了下背，哥布林殺手歪過頭。
「……呵呵。」
看到這個景象，女神官微微揚起嘴角，笑了出來。
不太需要檢查裝備或其他東西的女神官，只是靠著錫杖對地母神祈禱。
祈禱冒險平安。祈禱被抓走的王妹殿下沒事。祈禱誰都不會受傷，迎接和平的結局。
——如果有交易神或幸運神的神蹟……
說不定能得到將一次不幸逆轉成幸運的加護，但得不到的東西就是得不到。
更重要的是，這樣對地母神太過不敬。女神官搖搖頭。
怎麼樣都無法專心祈禱，果然是因為整晚沒休息嗎？
「哥布林不曉得會不會逃走……」
女神官食指抵在脣上思考著。
沐浴在陽光下，意識不清的大腦似乎也在逐漸甦醒。
也就是哥布林發現冒險者潛入、闖入迷宮的可能性。

萬一小鬼會定期聯絡，感覺到地下發生什麼事，通知地上的同伴……

「……沒有那麼認真的哥布林吧。」

「就是這樣。」

看見哥布林殺手在搜雜物袋，女神官率先行動。

為了迅速將事先取出的裝備遞給他。

「鉤繩，對不對！」

出門時別忘記帶——正是冒險者套組。

§

轉了三圈投出去的鉤子勾住城牆，蜥蜴僧侶在垂下來的繩子旁邊，用腳趾抓住城牆跑上去。

不愧是蜥蜴人，一點聲音都沒發出。被蜥蜴僧侶背著的礦人道士嘆息道：

「真是，長鱗片的。有時真羨慕你的爪子。」

「還不到父祖猿那般厲害。」

登上城牆的兩人壓低身子，左右張望。

沒問題。蜥蜴僧侶甩動垂在外牆的尾巴打信號，哥布林殺手點頭。

「走。」

「啊，那我第一個！」

話才剛說完，妖精弓手就撲向繩子。

不僅安靜，她的腳甚至沒碰到城牆，輕鬆地抓著繩子爬上去。

妖精弓手像在搖屁股似的，左右扭動身體，瞬間爬到城牆上。

該說擅長在樹上生活的森人，就是不一樣嗎……

「長鱗片的說的或許沒錯。」

「唔，有種被取笑的感覺。」

妖精弓手噘著嘴，拿起肩上的大弓。

她輕輕將箭矢架在其上，俯瞰下方——哥布林殺手所在的位置，抬起一隻手。

「上。」

哥布林殺手拔出劍，舉起圓盾蹲低，背對城牆。

「我要爬了……！」

女神官緊張地抓住繩子。

不可能讓擔任後衛的女神官最後一個上去。

上有妖精弓手，下有哥布林殺手，她在兩人的守護下攀登。

雖然要視時間與場合而定，以白刃戰為主的哥布林殺手負責在地面警戒，再合理不過。

不過，明知他不是會做那種下流之舉的人，女神官還是會擔心。

「……不要偷看喔？」

「我沒空連上面都留意。」

他的回應簡短、冷淡，女神官含糊地說了句「也是」，抓住繩子。

她把錫杖挪到背後，「嘿咻」踩著牆壁努力往上爬。

攀登過程中，根本沒心思注意下方。

暴露在朝陽下，滲出汗水，雙手打顫。滿臉通紅，呼吸困難。

「來，再加把勁！」

「是……！」

女神官拚命支撐著瑟瑟發抖的身體，好不容易抓住妖精弓手的手。

森人纖細柔軟的手力氣不大，帶給她的安心感卻是另一回事。

她爬完最後幾步，跪到城牆上。

「乖乖乖。好棒好棒！啊，要喝水嗎？」

「謝、謝謝、妳……」

女神官接過水袋，喝水調整紊亂的呼吸。

一口又一口。她吁出一口氣，將水袋還給妖精弓手。

——哥布林殺手先生呢……？

「噢，不必擔心小鬼殺手兄。」

蜥蜴僧侶用有如爬蟲類的視野警戒兩側，舔了下鼻尖。

經他這麼一說，女神官探頭望向下方，原來如此，他正默默抓著繩子爬上來。

動作不如妖精弓手那麼俐落，而是穩穩踩在外牆上，粗野的攀岩法。

過沒多久，爬上城牆的他迅速卸載鉤繩，捲起，遞給女神官。

「謝、謝謝。」

女神官將鉤繩收進行囊，說出突然浮現腦海的疑惑。

「哥布林殺手先生，你在哪裡學過攀岩的？」

剿滅哥布林不太需要用到攀岩技術。

他回答「老師訓練我的地點在雪山」。

「我也有在不使用繩子的情況下攀登過。」哥布林殺手輕描淡寫地說。「塔。」

「雖然我覺得不太可能——」

妖精弓手瞄向哥布林殺手。

「……你指的是從裡面吧？」

「從外面。」

妖精弓手一副這人無藥可救的態度，遮住臉仰望天空。太陽沒有回應她。

「……怎麼有這麼頭腦簡單的人。」

「至少我和另一人不是。」

剩下一個就不知道了。哥布林殺手邊說邊快速檢查好裝備。

「怎麼看？」

「得先決定要不要下去。」

「唔。」

面對蜥蜴僧侶的問題，哥布林殺手低聲沉吟。

「我認為不需要特地走下路。」

「小鬼是否會勤於巡邏？」

「怎麼可能。」

「那麼，就假設城牆上沒有哨兵……」

然也。蜥蜴僧侶點頭，拿出地圖攤開。是劍之聖女給的地圖。

銳利的爪子仔細沿著羊皮紙上的圓潤字跡移動。

「繞城牆一圈，在城外降落，進入迷宮吧。」

「哎，畢竟沒時間在城裡慢慢前進、休息。」

礦人道士喝了口酒提神醒腦，抹掉沾到鬍鬚上的酒露。

「……目前只用掉一次『順風』，還算少的吧。」

「這次不能中途折返。即使在迷宮裡休息……」

——因為祈禱及使用法術而消耗的精神力，肯定也無法恢復。

「所以，要盡可能物盡其用。對不對？」

「話雖如此，別用法術。盡量。」

「我會省著點。」

女神官握緊胸前的錫杖，認真點頭。

他的意思是，神蹟的使用時機交給她判斷。

光是知道他信任自己，就令女神官喜不自勝。

——雖然進入迷宮前，八成不會有使用神蹟的機會。

§

「GOROBG!?」

深夜，昏昏欲睡的小鬼不曉得發生了什麼事。

滑過喉嚨的冰冷觸感在下一刻化為灼熱，像溺水一樣無法呼吸。

哥布林喉嚨冒出血沫，在意識到自己的喉嚨被人刺穿前死亡。

如字面上的意義斷了氣的哥布林屍體，被哥布林殺手踢到牆外。

「這樣就五。」

「數量沒有想像中來得多耶。」

妖精弓手解決掉三隻醒著的哨兵，聳聳肩膀。

箭矢也必須省著點用。她拔出刺進肉裡的箭頭。

接著模仿哥布林殺手，踹飛屍體。

「……我也習慣做這種事了呢。」

——是被歐爾克博格影響的嗎？

兩人剛認識的時候，連這種行為她都覺得噁心。

算了，不鑽牛角尖、不沉浸在負面情緒是森人的長處——她是這麼主張的。

妖精弓手拍拍雙手，擦掉箭頭上的血，收進箭筒。

「果然在裡面。」

「我想也是……」

地下迷宮中有大量的哥布林。明明迷宮裡應該要有龍。

女神官感覺到自己提不起幹勁，搖搖頭。

「差不多了嗎？」

「嗯。下去吧。」

看著地圖的蜥蜴僧侶點了下頭。

他的手依然是乾淨的，目前尚未進入白刃戰……

「礦人就只會跑。」

「囉嗦。讓敵人接近術者，不就代表你們能力不足嗎？」

「貧僧倒不介意。」

向她徵求同感，她也不知道該如何反應，於是女神官用「安全第一嘛」打馬虎眼。

過去曾經歷過幾次與哥布林的白刃戰，可以的話，她想盡量避免。

尤其是現在。

在成為冒險者前，她明明從未穿過鍊甲，如今少了它卻覺得十分寂寞。

──寂寞？

她忽然發現這股情緒並非不安，眨了下眼。

得到他的稱讚、拯救自己的性命、一直在身邊的事物。

那件鍊甲屢次修補過，直接買新的肯定比較省錢，可是。

「……原來如此。」

她隱約明白了，為何他喜歡用那個形狀的鐵盔。

「怎麼了？」

「沒什麼。」

什麼事都沒有。女神官如此回答哥布林殺手。深呼吸一次。

她閉上眼，靠著錫杖，快速向地母神祈禱亡魂能夠安息。

趕路的時候連這點時間都沒有……她誠心為包含那些狼騎兵在內的亡魂祈禱。

活著的時候暫且不提，死後大家都是平等的。

還有，祈禱帶走鍊甲的那位王妹殿下平安無事。

有那件鍊甲在，一定不會有事。但願如此。

「好了嗎？」

「是的……隨時可以出發。」

「好。」

女神官取出鉤繩，哥布林殺手將鉤子掛到牆上，放下繩索。

以此為信號，蜥蜴僧侶背起礦人道士，妖精弓手將新的箭矢架到弦上。

之後就是重複剛才的過程，只有順序不同。

先下去的兩人找好地方降落後，這次換哥布林殺手先走。

他藉由用腳踢牆壁控制速度，下到地面後對上方招手。

「如何？可以嗎？」

「……我會加油。」

在妖精弓手的鼓勵下，女神官提心吊膽地抓住繩子。

就算掉下去，礦人道士也會用法術救人，不必擔心——然而。

搖搖晃晃，自己的動作實在太笨拙，光想就覺得不好意思。

「嗚嗚……」

即使如此，她依然努力下到地面，接著是妖精弓手直接抓著繩子滑下來。

「……長鱗片的說得果然沒錯。」

「所以說，你到底在講什麼啦。」

——好羨慕喔。

真的對各式各樣的人憧憬不已。

櫃檯小姐俐落的動作。魔女充滿女人味的舉止。劍之聖女成熟的氣質。

——啊啊，好想變成那樣。

儘管累積了不少經驗，她還很青澀，還很年輕，還很弱小。

這幾天，她一直被迫面對這個事實。

再說，假如她更可靠一點——沒錯。

假如鍊甲沒被偷，是否不會演變成這個事態……？

——但這個想法，肯定也是我自以為。

唯有骰子的點數，眾神和人類都無法左右。

更遑論改變已經擲出的骰子點數。想再多也是徒勞。

「……」

然而，或許是因為沒有鍊甲，害她有種赤裸著身子的感覺吧。

彷彿一切都遭到剝奪的恐懼，與第一次潛入洞窟時相同。

女神官深深吸氣，吐出。

既然自己是這麼想的，只能採取行動。

「我準備好了。」

「是嗎。」

嗯。女神官對哥布林殺手點頭，面對敞開的深淵入口。

是一扇巨大的鐵門——曾經是。

以前大概是由士兵守衛的。如今看不見半個人影。

門被穢物與血弄髒，照理說應該要緊緊關上，現在卻半開著。

寒氣從中流出，散發刺鼻的腐臭味。

「那麼，隊伍順序照舊。」

「礦人該拿出手斧囉。」

蜥蜴僧侶甩動自己的武器——爪爪牙尾，礦人道士取出手斧，插進腰帶。

妖精弓手拉緊隨意搭在弦上的箭，女神官雙手握住錫杖。

哥布林殺手站在最前面。

廉價的鐵盔、骯髒的皮甲，一手綁著小圓盾，右手握著不長不短的劍。

「出發。」

隨著他一聲令下，冒險者們開始行動。

§

「話說，妳這是第一次正式進迷宮探索？」

「第一次居然就是死之迷宮……」

——受不了，為什麼我的第一次總是這樣。

女神官覺得想哭。

哥布林殺手憑藉左手的火把在黑暗中前進。這裡是一片未知的空間。

石製走道。彷彿在用格子分區的精準構造，某人基於惡意構築的領域。

她去過好幾次洞窟、遺跡、下水道、城堡，但每一種都跟迷宮不同。

被微光照亮的空間，雖然能看見前方不遠處，更遠的地方卻是一片黑暗。

這裡不是住所，也不是戰場。而是單純用來困住來訪者，將其殺死的地點。

「哎，有過這次經驗，其他迷宮應該就不算啥了……吧。」

「貧僧等人也是初次造訪。和神官小姐一樣、一樣……」

© Noboru Kannatuki

一行人嘴上閒聊，卻沒有放鬆戒心，聚在一起靜靜於迷宮中前進。

沒錯，很安靜。

小鬼們肯定潛伏在此處，卻沒有洞窟那樣的嘈雜聲。

不過，氣氛緊繃得彷彿稍有鬆懈，哥布林就會突然出現在眼前。

絲毫不容大意，在迷宮裡休息，果然無法讓精神獲得恢復。

難怪之前要把這裡蓋成迷宮探險競技場、讓冒險者一較高下的提案，最後並未採用。

儘管魔神王消失了，此處終究不是人類可以棲息、來訪之地。

「怎麼走？」

哥布林殺手問，蜥蜴僧侶窸窸窣窣取出地圖。

「貧僧個人偏好逐一探索各階層……」

不要好嗎。蜥蜴僧侶無視瞪著他的妖精弓手，繼續說道：

「……貧僧認為，搭乘升降機直接攻入四層，方為上策。」

「那交給你帶路。」

「明白，明白。先往北方前進。」

一行人踏著慎重卻不膽怯的步伐，開始侵入(Hack)。

這裡是迷宮。怪物遭到驅逐的——空蕩蕩的迷宮。

滲透進迷宮的冒險者與惡魔屍臭固然濃烈，淺處的樓層卻已經什麼都不剩。
——本來應該是這樣的。
「……嗯。」
「……」
妖精弓手抖動長耳，哥布林殺手停下腳步。
如此便足矣。冒險者們繃緊神經，目光交錯，看著彼此點頭。
迷宮的石壁很堅固。光線雖然不足，能潛伏的地方只有墓室或轉角處。
這樣的話，哥布林會打什麼主意很簡單。
「GROBGB！」
「GBB！GBBOROGGBGR！」
——正面突破。
以數量取勝的哥布林的恐怖之處，最能在這種情況下發揮。
轉角後方湧出無限的哥布林。
小鬼們全身刺著詭異的刺青，手握雜七雜八的武器。
不會互相合作，只會依靠「反正伙伴八成會幫忙擋刀」這種自私的想法，撲面而來。
「哈哈哈，來吧，來吧。看貧僧將諸位一同化為功德。」

「數量這麼多，不能用法術的話有點累人哩。」

「……說實話，比起弓箭，短刀好像比較方便。」

三人的反應各不相同。勇猛之人、冷靜分析情勢之人、一臉疲憊之人。

蜥蜴僧侶與礦人道士上前，將妖精弓手及女神官護在身後。

迷宮寬度正好足以讓冒險者三人排成一排。前鋒三，後衛二。

哥布林殺手望向伙伴——意識到他們是自己的伙伴，需要花一秒的時間——說道：

「上。」

「是！」

從對面逼近的腳步聲與氣息，導致女神官面色緊繃，但她還是堅定地點頭回應。

冒險者們化為一艘船，劃開自黑暗深處冒出的綠皮膚(Green Skin)海。

「GBBRB!?」

「GOORBGB！」

「要射過來了！」

「喔！」

石塊與箭矢。粗糙的攻擊如雨般從天而降，哥布林殺手用盾牌擋住。

天生擁有鱗衣（Scale）的蜥蜴僧侶大吼一聲，擋去剩下的攻擊。

「喝啊！果然該跟叔叔拿頭盔之類的裝備嗎……！」

礦人道士打起幹勁揮動手斧，瞇眼吶喊。

「距離五塊瓷磚、四塊瓷磚、三塊，長鱗片的！」

「噢噢，蜥蜴人的一之太刀！」

他咆哮著撲過去，用蜥蜴人的武器爪、爪、牙、尾掃蕩哥布林。

「GOBORG!?」

「GOORB!?」

血沫、內臟、肉片、死前的慘叫。兩隻小鬼被四分五裂。

怎麼想都不是赤手空拳能達到的威力及成果，然而戰鬥尚未結束。

「GOROBG!?」

「三——四！」

因此哥布林殺手精準地揮下武器，防住企圖從兩側進攻的哥布林。

用盾牌彈開攻擊，拿劍一刺。砍斷喉嚨，將屍體踢到後面妨礙敵人行動。

踹飛屍體時順手拔出劍，射出，命中頭蓋骨，這樣就兩隻。

哥布林殺手上前撿起從小鬼屍體手中滾落的棍棒。

「我！不想！在這麼窄！的地方！射箭……！」

這段期間，後方的妖精弓手接連射穿他沒解決掉的小鬼。
小鬼們奸笑著，以為可以趁機拖走後排的森人與凡人少女。
箭頭射進口中，貫穿腦幹，小鬼倒向後方。
妖精弓手用又長又靈活的腿踢倒屍體，抽出箭向剩下的敵人一射。
森人的箭在極近距離命中，其衝擊震得哥布林飛向後方。
「箭可能會不夠用……！要往哪裡走！」
「轉角盡頭的那扇門。其他通道通往墓室，無視即可。出門後往左！」
蜥蜴僧侶吶喊著咬住哥布林的肩膀，叼起來甩動。
「咿呀——！」
「GOOROGBG!?」
哥布林撞上牆壁，被拿來當撞開同伴的道具，最後扔到地上。
被砸爛的小鬼噴出大量血液，女神官忍不住縮起脖子。
然而，她也經歷過好幾次激戰。
女神官雙手握緊錫杖，瞪著走道繃緊神經。
「我們負責注意後方吧！哥布林可能會從墓室衝出來……！」
「行！別太勉強啊！」
礦人道士立刻回應，重新拿好手斧。

——果不其然。

據傳，這座迷宮的房間守衛（Room Guarder）過去從未踏出房門一步。

因為在魔神王的軍勢中，重要地點的警衛與巡視通道的警衛是分開的。

但時至今日，在迷宮內徘徊的只剩愚蠢的哥布林。

「GGOROGOB！」

「GOB！GOBOGORROBG！」

哥布林們發出刺耳的叫聲，自旁邊的墓室破門而出。

可惜——這種事對**她**來說，已經在第一次的冒險經歷過。

「嘿、呀！」

她努力揮下錫杖，擋住從旁逼近的小鬼。

瘦弱的少女的一擊，頂多只能牽制他們，女神官自己也明白。

她的任務並非打倒小鬼。這個舉動是出於戰術考量。

「喝啊！」

「GORRO!?」

礦人道士的斧頭，擊中鼻尖被錫杖擦過、嚇得後退的哥布林。

手斧一擊打爛腦袋，裡面的東西像果肉一樣噴出來。

「動作不必太大！」

「好的！謝謝你……！」

女神官擦掉額頭的汗水，拚命做好自己能做到的事。

哥布林殺手抵禦攻勢，蜥蜴僧侶大顯身手，妖精弓手負責給敵人最後一擊。

從旁邊或後方襲來的敵人，則由女神官牽制，礦人道士掃蕩。

打開門衝進去後，映入眼簾的是十字路。他們一同飛奔上前。

對合作無間的冒險者來說，在不使用法術的情況下，仍能取得壓倒性的優勢。

然而要說哥布林會因此畏懼嗎？絕不。

他們十分單純。數量比敵人多。自己不會死。所以一定會贏。

小鬼們會為同伴的死面面相覷，進攻時卻直接踩過他們的屍體。

懷著想把冒險者做成絞肉、蹂躪女人的欲望。

「GOBOG！」

哥布林的攻勢集中在後方，大概是推測後衛比前鋒更好解決。

槍、短劍、被迷宮的燐光照得發亮的刀刃，間不容髮地接連射出。

看見尖端塗著黑色黏液，女神官瞬間僵住。

「咿!?」

「危險！」

礦人道士在千鈞一髮之際抓住她的肩膀往後拉，代替女神官上前撞向小鬼。

以礦人的體格、力道、氣勢使出的身體撞擊。撞飛小鬼們後，再用手斧追砍。

這副模樣彷彿在伐木，不愧是礦人，不是近戰系職業依然能打得有聲有色。

「對、對不起……！」女神官甩甩頭，大喊：「上面有毒！」

「傷不到我就沒用啦！——可是嚙切丸！這樣沒完沒了！」

「嗯。」

哥布林殺手一棍打碎小鬼的頭，用火把燒爛另一隻小鬼的臉。

「GGOROGB!?」

小鬼抽搐著發出含糊的慘叫聲，但沒有死。他再度揮下棍棒。

哥布林殺手像在打鼓似的，用雙手的棍棒與火把痛毆小鬼群。

接著丟掉不曉得砸爛多少顆小鬼腦袋、斷成兩截的棍棒，簡短開口：

「十一。左邊是吧。」

「正是！」蜥蜴僧侶大喊。「裡面的門！」

「……你們先走。」

「你**又**打算做什麼!?」

妖精弓手看到箭矢所剩無幾，嘖了一聲。哥布林殺手從雜物袋裡拿出小瓶子。

「不用水不用毒不用爆炸。」

話才剛說完，他就將火把與瓶子砸向前方的哥布林。

「GGBOROOGOBOG！？！？」

哥布林殺手無情地踢倒被可燃之水與火種點燃的小鬼。

「十二……上！」

「明白！」

冒險者動作很快。

蜥蜴僧侶跳過火焰，一口氣擴大哥布林殺手開闢出的空隙。

在小鬼們躲得遠遠的以免被波及時，礦人道士咚咚咚跑了過來。

「別往前進方向放火啊！……來，跳得過去嗎!?」

「我要……跳了！」

女神官雙手握著錫杖，閉上眼，拚命跳過火焰向前衝。

妖精弓手則向後方撐彎大弓，輕盈躍向空中，以牆壁當踏臺降落在地面。

——門近在眼前。

「歐爾克博格，大家都到了！」

「好。」

在她弓箭的支援下，哥布林殺手把手伸進雜物袋。

拿出一卷卷軸。

「GBOR！」

「GOBOGGOBOG！」

「哥布林殺手先生！快點……！」

與撲面而來的綠海對峙的哥布林殺手身後，傳來女神官緊張的聲音。

他點頭表示「我知道」，卷軸對著小鬼，緩緩後退。

「撞破門衝進去！」

「好喔！」

礦人道士回應的同時，撞門聲響起。

他後退著跨過變成火球的哥布林，旁邊掛著老舊的看板。

上頭似乎寫著警語，但過了這麼久，根本無法判讀……

妖精弓手在背後「啊」了一聲，哥布林殺手沒有理會，解開卷軸。

「GGBGROB？」

「GOR！GOOGB！」

哥布林們剛開始肯定不明白發生什麼事。

地下迷宮吹起了風。

——只是普通的風嘛。虛張聲勢。

如此心想的哥布林，身體突然飄到空中。

「哇……!?」

「快進門。小心被吸過去！」

女神官按住差點被吸走的帽子，哥布林殺手嚴厲地說。

大氣瞬間捲起漩渦。

他扔出去的卷軸被超自然的火焰點燃，製造出**空洞**。

「GOOROGGB!?」

「GOBG！GOOROGOBG!?」

旋風將潮溼的瘴氣吹散，狂風大作，儼然是隻低吼著的野獸。

一隻、兩隻。小鬼死命踩穩，抓住牆壁或地板，仍然無法抵抗。

站在前頭的小鬼試圖後退，從後面推擠過來的同伴卻阻礙了他。

「GOBG!?」

「GBBOOROGOBG!?」

於是，小鬼們被狂喜亂舞的風精靈捲入空洞之中。

冒險者們聽著身後的哥布林慘叫聲，邁向前方，哥布林殺手關上門。

留在門後的，只剩比風聲更大的閉門聲。

§

「那、那是，什麼……!?」
黑暗中，妖精弓手氣喘吁吁地問。
「是『門』。」哥布林殺手在黑暗中回答。「和高處連接在一起。」
「高處？」
好吧，這人也不是第一次把卷軸當成拋棄式道具。妖精弓手疑惑地回問。
「天空。」他說。「聽說風精會全部往舞者少的地點湧入。」
把卷軸用在這種地方固然令人心痛，但也沒辦法。
「我之前就想對哥布林試試。正好是個好機會。」
「……也就是說，世界的某處會有代替雨水從天而降的哥布林囉。」
妖精弓手深深吐了口氣。若是平常，她早就仰天長嘆。
「啊——真是……算了。比用流水好。」
「是嗎。」
「沒什麼好抱怨的，畢竟在剛剛那種情況下。」
意思是她並非毫無怨言，而是放棄念他了。

空氣微微晃動，肯定是因為她抖了下長耳。

「是說這裡真暗。連森人的眼睛都看不見，不是普通暗耶？」

從狂風的爪子下逃進門後的冒險者，身在黑暗中。

走道的寬度及天花板的高度恐怕都沒變，這塊區域卻一點光都沒有。

女神官著急地拿打火石點火，想點燃火把或提燈，無奈只有擦出火花。

不久後，她似乎放棄了，細微的嘆氣聲聽起來格外明顯。

「……火好像、點不著。」

「看來此處是人稱束縛或黑暗的領域。」

蜥蜴僧侶看著火花，像在沉思般低聲回道。

旁邊傳來啪噠啪噠的聲音，他好像在用長鱗片的手觸摸牆壁。

「貧僧在衝進來前看過地圖，升降機確實在前方。」

「希望如此喏……就算是哥布林，也不會靠近這裡吧。」

礦人道士無奈地說，咚一聲坐下。

接著傳來打開瓶塞喝酒的聲音。

用不著明講，此刻乃是休息時間。儘管門後有哥布林。

「……對不起，派不上用場。」

女神官的語氣聽起來有點失落，平坦的臀部坐到地上。

雖說她十分專注，但剛才牽制敵人時也只有揮動錫杖而已。

神蹟也因為要節省的關係不能用，被毒刃嚇得縮起來，現在連火都點不著。

這並非她的錯——但仍舊足以構成沮喪的原因。

「不不不，別在意。萬一情況危急到後衛得抄起武器狂揮，那可不得了。」

礦人道士用粗糙的手拍她的肩膀，笑道。

「這樣嚙切丸也會靜不下心。」

「然也。僧侶的職責，說到底並非以武器擊殺敵人。」

蜥蜴僧侶正經八百地說，女神官輕笑出聲。

「是。」

回話的語氣也輕快了些，大概是沒那麼緊張了。

「忍耐也是我的任務嗎？」

「嗯。」哥布林殺手回答。「一定有要妳做事的時候。」

就算在黑暗中，想必他仍跟平常一樣，點著頭回答。

——看不見表情這點，也一如往常。

女神官因此有些放心，同樣點頭回答：

「……好的。到時我會加油。」

雖然她盡力展露的微笑，誰都看不見。

過了一會兒，哥布林殺手看所有人都調整好呼吸，說道：「出發。」

眾人在黑暗中看著彼此點頭，排好隊型開始行動。

他們在黑暗中摸索著，緩緩前進，無視其他門，不停往深處走。

不久後，另一端出現模糊的微光。

一扇雙開式的門，旁邊是寫著「Ａ」到「Ｄ」的接頭。

——是升降機（Elevator）。

間章

「宇宙的恐怖（Cosmic Horror）敵不過劍與魔法的故事」

Goblin Slayer
He does not let anyone roll the dice.

「嘿呀——！」

伴隨可愛又威猛的吶喊聲，太陽般的爆炸將覆蓋靈峰的黑暗一刀兩斷。

黑暗是異形。膨脹的肉塊。內側外翻的生物，會舞動的內臟。

與天之火石一同飛來的異形，乃來歷不明、難以用言語形容的存在。

異形纏繞位在山頂處的隕石坑中，仍然帶有熱度、散發光芒的隕石，化為黑影，向四方世界伸出肉塊。

此物恐怕——僅僅是因為目可視物者活在三次元——並非這個次元的存在。

「……光看就會消耗精神力。」

賢者低聲說道，她難得臉色蒼白，冒出冷汗。

她尚未抵達穿越者（Planeswalk）的領域。

連這個四方世界都還有未解之謎，到外面的世界太可惜了。

她咬緊牙關，藉由持杖的手指、指甲、任何一個動作，刻下擁有真實力量的精密言語。

駭人的存在，跳動著的腸子，只有賢者創造得出能將黑影封印在此處的力場。

她甚至產生錯覺，自己的靈魂以一分一秒為單位被消磨著，然而……

「是嗎？」

劍聖拖著腳步，用精妙且不可思議、以寸為單位的步法測量距離，開朗地笑了。

她一逮到機會就攻擊蠕動著伸過來的觸手，將其盡數刺回斬斷。

每砍斷一隻觸手，暗紅色鮮血就像黏在劍刃上的紅蓮旗幟般隨風飄揚，為天空增添色彩。

不懂武術的人，想必也能一眼看出她是防守要員。

「會流血表示殺得死，總會有辦法吧。」

劍不能解決所有問題。但能用劍解決的話就沒問題了。

對身為劍聖的她而言，這隻怪獸是從星之世界飛來的肉塊，除此之外什麼都不是。

於四方世界散播詛咒，阻擋在她面前，所以要砍。僅此而已。

——實在很簡單。

賢者死心「呼」地吐出一口氣笑了。緊繃的肩膀似乎放鬆了些。

以為她粗線條（Crude）的時候，會表現出細膩（Technical）的一面。

以為她細膩（Technical）的時候，卻極其粗線條（Crude）。

這樣更好。凡事都是如此。賢者心想，語氣輕快地說：

「乾脆用『核熱』一口氣轟飛吧。」

「那樣山的高度會變，被罵的是我耶——！」

勇者甩掉沾到聖劍的黏液，看得出疲勞的臉上依然帶著笑容。

若防止異形行動範圍擴大的是賢者，負責防守的是劍聖，他該做的就只有攻擊。

嬌小的身軀扛著大劍，甚至肩負四方世界的安寧。

「不過，幸好牠動作很單純。」

勇者用一如既往的語氣說道，讓人感覺不出她背負著多沉重的責任，雙手握好聖劍。

「就只會『碰咚——！』而已……這傢伙是笨蛋嗎？」

「牠只會膨脹到極限再展開襲擊，所以不在這裡解決牠就麻煩了。」

「國王陛下應該很緊張吧。」

「……我不是很願意想像我們輸給這東西，被牠吃進體內的畫面。」

看到頭腦單純的兩位伙伴，賢者將剛才的感動拋到腦後，嘆氣。

「但妳們說得對。我想八成是因為牠的思考迴路並不發達……」

賢者一面維持住從看不見的方向遭到攻擊、壓迫的屏障，一面思考。

這個物體——以「影子」稱之好了——恐怕會將生物吸收進體內學習。

這次是因為牠的寄生對象顯然很愚蠢、弱小，才沒有造成太嚴重的後果。

這樣的話……賢者下意識提出單純的疑問：

「這些哥布林的屍體，究竟是從哪**掉到山頂**……」

「一定是有人接了剿滅哥布林的委託還什麼的，把他們收拾掉了吧——嘿咻！」

勇者纖細的手臂使勁一砍，精準地砍飛肉塊的一部分。

一直以來都是這樣。黑髮少女揚起嘴角。想憑一己之力拯救世界，那可是大錯特錯。

「那麼我也不能輸。」

勇者笑得有如隨處可見的農村少女，雙手像拿木棍似的舉起聖劍。

「XEEEEEEENOOOOOOOOOOOONN！」

「——雖然一直以來都是這樣啦！」

太陽般的，爆炸。

第8章『前往災禍的中心』

Heart of Maelstrom

「GGRROROB！」

「GRBBR！GOORGGBG！」

宛如低吼聲的骯髒詛咒，於墓室內迴盪。

王妹被破掉的衣服綁住，倒在地上聽著這一切。

就算想用眼睛看，也會被黑暗、混濁的瘴氣遮蔽。

臉頰腫起，淚水模糊視野，鼻子到嘴角的部位乾巴巴的。

因為我被揍得很慘嘛。她茫然地想著。自己的表情肯定慘不忍睹。

思及此，她便覺得一陣鼻酸，眼眶又泛出淚水。

忍住不哭的意志力已經被徹底摧毀，因此她哭了出來。

無論之後會遭到什麼樣的對待，都只會更慘吧。

她害怕至極。

想到那可怕、下流的行為，連骯髒冰冷的石頭地都不算什麼。

Goblin Slayer

He does not let anyone roll the dice.

「GOROGGBGO！GROG！」

「GGGOROGB！」

祭壇上，只有一隻穿著鮮豔服裝的哥布林，不曉得在嚷嚷什麼。

醜陋到甚至讓人覺得滑稽的魔法師服裝。

全身刺著線條具規律性的刺青——「手」的刺青——的那隻小鬼，是頭目。

用力毆打、玩弄、淩虐自己的存在，嚇得她反射性縮起身子。

「咿、嗚……！」

「GGBGOROGOBOG！」

「GOR！GBOGOGB！」

見到這副狼狽的模樣，小鬼再次大聲嘲笑她。

他們並非在嘲笑國王的妹妹落得如此窘境。

只是看見比自己更低等的存在怕得瑟瑟發抖，因而感到愉悅罷了。

假如哥布林知道她的身分，肯定會做得更過火。

哥布林不會去掩飾嫉妒這種情緒。

她很明白自己會被怪物們的欲望漩渦捲入，沉入黑暗底端。

找不到任何救贖。

哪裡都沒有。

全都失去了，全都被奪走了，全都被踐踏過了。

哥布林依然想從她身上榨取剩餘的殘渣。

——他們一定不會滿足。

不管對方怎麼道歉、怎麼哭喊，就算死了，他們也不會滿足。

只會——要嘛膩了，要嘛忘了，注意力轉移到其他可悲的犧牲者身上。

「嗚……嗚、啊……嗚……」

所以，她下定決心，至少別對他們求饒。

並不是基於對哥布林的反抗心理，或自尊心使然。

只是因為她明白求饒也沒用，這樣可以不讓自己顯得那麼可悲。

恐怕，她的決心在短短幾分鐘內就會被擊潰。

「GGBGBG！」

「GRB！」

哥布林頭目揮著杖——乾掉的「手」——以手勢對其他小鬼下令。

啪噠啪噠，骯髒的哥布林們發出帶水氣的腳步聲走近，欲望表露無疑。

她突然想起亡父、亡母令人懷念的面容。接著是兄長的面容。

他應該很生氣吧。應該在擔心吧。她只能依靠想像。

不可思議的是，她並不會想見他。

只是想回家。

而這個願望，就算是奇蹟肯定也無法為她實現……

§

「之前在神殿調查過，那些傢伙的刺青，是連我都沒看過的種類。」

冒險者搭乘的升降機靜靜下降。

要是沒有腳下的飄浮感，實在不覺得自己身處在移動中的箱子裡。

妖精弓手頻頻抖動長耳，眉頭緊皺，蜥蜴僧侶叫她「吞口口水吧」。

她聽從蜥蜴僧侶的建議，嚥下唾液，耳朵的異樣感似乎消失了。

「但，肯定有術師之類的存在。」

「哥布林薩滿，是嗎。」

「無法斷言。」

哥布林殺手的回答，令女神官緊張起來。

嚇得縮起身子——倒不至於，然而絕非可以無畏挑戰的對手。

女神官重新握好錫杖，深呼吸一次。又一次。吸了一大口氣，吐出。

妖精弓手輕拍她的肩膀。

「……還好嗎？」

「嗯。」女神官展露堅強的微笑。「沒事。」

她瞥向旁邊，哥布林殺手在與礦人道士、蜥蜴僧侶交談。

大概是在討論戰術。看見與平常無異的景象，女神官鬆了口氣。

「推測和最近在這一帶肆虐的哥布林同一群。那傢伙就是頭頭。」

「這樣的話，先假設有好了……老樣子從術師開始解決。」

礦人道士捻著鬍鬚，回應哥布林殺手。

「不，得視對手的數量及裝備而定。」

蜥蜴僧侶提出異議。

四方世界首屈一指的戰鬥種族蜥蜴人的僧侶，謹慎地轉動長脖子。

「若他們守在升降機的門前埋伏，我等會被當成野鴨圍獵吶。」

「射擊武器嗎。」哥布林殺手咕噥道。「真麻煩。」

「喂，長耳朵的。」礦人道士嚴肅地開口。「妳聽得見嗎？」

「森人可不是什麼聲音都聽得到喔？」

妖精弓手雖然板著一張臉，還是閉上眼睛，長耳上下晃動。

一行人自然而然閉上嘴巴。升降機裡只剩下細微的呼吸聲。

「……嗯，好像滿多的。」

不久後，妖精弓手睜開眼，沒什麼自信地說。

「十隻以上、吧？搞不好有二十。有聽見腳步聲，裝備不清楚。」

「還有發現什麼嗎。」

哥布林殺手說。

「什麼都可以。」

「不是聲音——」妖精弓手鼻子抽了下。「有股怪味。從下方傳來的。」

「毒氣類嗎。」

「不，說不定是在執行儀式。」

蜥蜴僧侶從旁插嘴。

「若是儀式，自然會焚香。」

「無論如何，咱們吸進去都沒好事。」

礦人道士沉思著，兩手一拍。

「喂，嚙切丸，用你之前用過的那個、那個啦。炭跟布做成的防毒面具如何？」

「那是應急。有時間的話，消毒藥水沾溼布更好。」

哥布林殺手從雜物袋裡，掏出繫了麻繩的瓶子。

「雖不想把藥水用在這，但該用就用。」

「啊，那由我……！」

女神官舉起手，一行人的視線集中在她身上。
大概是不習慣受人矚目吧，女神官臉頰微微泛紅。
「呃、那個，沒什麼，我以為會按照慣例，一開始先用聖光（Holy Light）……」
女神官像在辯解般揮著手。
「不過這一次，換成那個的話，應該更能起到作用……」
哥布林殺手在腦中計算剩下的施法次數。三次。殺進去時用掉一次。
俘虜應該沒事——單論生存與否的話——那麼，她肯定會祈禱治癒的神蹟。
這樣還剩下一次。該視為只能用一次，還是還能用一次？
他將藥水塞回雜物袋。
「拜託了。」
「是！」
哥布林殺手的回答相當簡潔，女神官臉上綻放出笑容，點頭應允。
「那麼，首先是神官小姐。貧僧嘛，就是前鋒吧。」
蜥蜴僧侶看起來非常愉快，以奇妙的手勢合掌。
「所幸，仰賴父祖的神蹟一直保留著。術師兄又是如何？」
「這個嘛……法術剩兩次——不，三次吧……」
礦人道士邊說邊在裝觸媒的行囊裡摸索著，咧嘴一笑。

「嚙切丸，需要什麼？」

「光源。」他想都沒想就回答。「剩下交給你。」

「行。那我負責那個。」

「我就老樣子囉。」

妖精弓手重新幫大弓裝上弦，用手計算剩餘的箭矢數量，點頭。

「我邊跑邊射箭，支援大家。例如礦人跌倒的時候。」

「誰會跌倒啊。」礦人道士瞪向妖精弓手。「除非有鐵砧掉在路上！」

你！氣得臉紅的妖精弓手迅速回嘴，脣槍舌劍，一如往常的鬥嘴。

蜥蜴僧侶愉快地轉動眼珠，或許是覺得剛好能幫眾人放鬆。

「除此之外，就是維持高度的靈活性臨機應變……對吧。」

「……那個，是不是叫走一步算一步？」

「不。」

女神官苦笑著說，哥布林殺手搖搖頭：

「哥布林就辦不到。」

§

「『慈悲為懷的地母神呀，請以您的御手，潔淨我等的汙穢』！」

「淨化（Purify）」的神蹟顯現。

神聖的空氣如一陣風般，拂過汙濁與不淨的領域。

升降機的門奇蹟似的，與女神官獻上的祈禱同時打開。

「驅散瘴氣了！」

「好！」

令人喘不過氣的瘴氣消失，冒險者衝進大廳。

過去當成陷阱使用的鐵鏽色警報器，響一次就停了。

「GGOBOGOB!?」

「GORO!?GOBOGOR!?」

小鬼們嚷嚷著，想必包含不雅的意思的怒罵聲，響徹昏暗的大廳。

能在黑暗中視物的礦人道士皺緊眉頭，迅速從行囊裡抓出一把石炭。

「『舉手吧燃燒吧拿火把的（Will-O-Wisp）。輪到沼澤的鬼火出馬囉』！」

礦人道士將石炭扔到空中，石炭便自動燃起藍白色火焰。

以「使役(Control Spirit)」召喚出的火焰，照亮了迷宮。

這個空間應該稱之為真正意義上的墓室。

深處那扇雙開式的門，大概是過去冒險者們視為目標的升降機。

石造的昏暗房間裡，充滿冒險者激戰過的痕跡。

滿地都是骸骨，身上那些腐朽的甲冑及黑衣，變得如同廢鐵及破布。

若這只是單純的迷宮探索，心情應該會頗為沉重。

然而，如今占據這裡的是哥布林。

迷宮的心臟地帶，被小鬼撿來的垃圾、排泄物、廚餘汙染。

牆上的那些，不曉得是未經思量就闖入迷宮，又或敗給小鬼……

「……好過分。」

畫面悽慘到女神官忍不住摀住嘴。哥布林殺手低聲沉吟。

數具人體如同神祕的果實，被鉤子勾住，在牆上晃動。

猶如絞肉般的慘狀，輕易就能想像出是經過殘酷拷問的下場。

「GOROBG！」

「嗚、啊……」

這時，混亂的哥布林們的聲音中，參雜了微弱的哀號。

俘虜——王妹就在祭壇上。

疑似頭目、身穿鮮豔服裝的哥布林，攫住頭髮拖著她走。

——還活著！

「杖一。劍五，棍棒五，槍二，弓七，無鄉巴佬（Hob），總數二十！」

裝備骯髒的皮甲、廉價的鐵盔，手上綁著一面小圓盾，佩帶不長不短的劍的冒險者。

哥布林殺手將左手的火把扔進墓室，迅速觀察狀況。

「果然。薩滿嗎。」

「不對……！」

打斷他說話的是女神官。

得知王妹還活著而露出的喜色瞬間消失，她瞪大雙眼。

視線前方是拿著手杖、全身刺滿刺青，疑似頭目的哥布林。

脖子附近隱隱作痛。是因為恐懼？因為過去的經驗？不。

——神諭（Handout）！

女神官正確解讀地母神給予的啟示，震驚地吶喊：

「是**神官**！」

邪惡混沌諸神的使徒！不會對正確的神明祈禱的不祈禱者（Non-Prayer）！

「GBOB！GOROBGGRB！GOROBG！」

小鬼的祈禱於墓室內迴盪，彷彿在回應女神官的聲音。

他揮動手杖，大喊詭異的語言，令人不快的黯淡光芒籠罩祭壇。

「看箭……！」

妖精弓手試圖先發制人阻止小鬼，射出去的箭矢卻發出清脆的聲響彈開。

「不會吧……!?——聖壁(Protecion) !?」

小鬼邪教徒露出低級笑容，身旁有道淡淡的光牆。

哥布林殺手十分清楚那道光牆有多麼堅固。甚至覺得可靠。

他當然並非沒考慮到這個可能性。

在雪山與小鬼聖騎士的戰鬥，過了將近一年依然記憶猶新。

——然而，那可是小鬼的信仰之心啊。

四方世界中，再沒有比這兩者更合不來的要素了。

哥布林殺手不悅地對下意識這麼想的自己咂舌。

「那麼，吃這招！」

他所做的事、所說的話，沒有一絲迷惘。

沒有蠢到會捨棄偷襲的優勢。

話剛出口，形狀邪惡的刀刃便撕裂黑暗。

宛如扭曲般分岔的卍字飛刀，以側投方式擊出。

「GOBO!?」

飛刀伴隨蜜蜂振翅般的嗡嗡聲響，襲向聖壁外的小鬼弓兵。

小鬼骯髒的鮮血在黑暗中噴濺，少掉頭部的身體晃了一下後才倒地。

飛出去的頭部直接掉在墓室一角。想必會在那裡待上一百年。

「一！解決射手。打白刃戰！」

「哈哈哈，明白！」

哥布林殺手拽住繫在飛刀上的繩子，一邊吶喊。蜥蜴僧侶飛奔而出。

強壯的蜥蜴僧侶，手中沒有任何武器。

「『伶盜龍的鉤翼呀，撕裂、飛天，完成狩獵吧』！」

然而下一刻，做為觸媒的牙齒便在掌心膨脹，研磨成利刃。

蜥蜴僧侶鬥志高昂，吐息有如蒸氣般從顎部噴出，氣勢洶洶地站著。

「GOROBG！」

「GOROOBG！」

「咿呀！」

他尾巴一甩，擊落哥布林弓手們從後方射下的箭雨。

「小鬼的箭與春雨無異！」

接著兩手中的龍牙刀撕裂附近的哥布林。

一隻、兩隻。勇敢上前──更正，被同伴推向前的小鬼，頭部飛向半空。
誰想與這麼**恐怖**的生物為敵？
更好的目標是杵在後面的神官丫頭，以及旁邊的森人。
「GGBGR！GOROGOBOGOR！」
小鬼邪神官痛罵畏縮不前的部下，對射手下令。
去前面一點。去前面射那個不耐打的後衛。
然而，小鬼們親眼目睹伙伴的死，遲遲不敢行動。
不僅如此，他們還往後退去，意圖躲入聖壁中。
「GOROBG！」
「GOBOGOROB!?」
憤怒的小鬼邪神官一腳踹飛小鬼弓兵。
下一瞬間，妖精弓手的箭就刺進那隻愚蠢哥布林的眼窩。
「小菜一碟！」
妖精弓手得意地搖晃長耳，衝向下一個射點。
幸虧現場有很多殘骸、遺物能給她當跳板。雖然她並不想踩著屍體前進。
她不斷輕盈跳躍，在空中斷斷續續射出樹芽箭。
接連降下的箭矢，襲向祭壇的小鬼邪神官，不可視的力場卻沒有因此減弱。

未免太硬了——妖精弓手板起臉。明明小鬼不可能像那孩子一樣虔誠。

「我負責援護，把他們解決掉！」

既然如此。她決定改變戰術，踩上牆壁三角跳躍，同時抽出下一支箭。

哥布林殺手回應伙伴的動作與吆喝，舉盾上前。

他以咆哮的蜥蜴僧侶做為誘餌，朝弓兵聚集的祭壇前猛衝。

「現狀四。剩十六。其中弓兵五……！」

「GGOBOGOG！GOBOROOBG！」

「GOROB！」

站在高處的小鬼邪神官，視力並沒有差到會漏看哥布林殺手的舉動。

接獲命令的持槍哥布林們將槍尖對準哥布林殺手，企圖阻止他前進。

沒時間換武器了。哥布林殺手直接用飛刀砍向長槍。

「GOROBG!?」

卍字刀刃纏住槍柄，將之折斷。小鬼驚訝得瞪大顏色骯髒的眼睛。

哥布林殺手放開武器，揮下圓盾。

「GOROOOGB!?」

「五！」

銳利的盾牌邊緣，砍碎了小鬼的頭蓋骨。

小鬼倒向後方，哥布林殺手直接踢開屍體，右手從地面抽出槍尖。

「六！」

「GOOBOGORO!?」

他利用拔出盾牌的反作用力舉起右手，槍尖刺進剩下的小鬼槍兵喉嚨，剜出一個洞。

如泉水般湧出的血濺到身上，哥布林殺手扔掉槍尖，抽出佩劍。

「剩十四！」

「GOROBG！」

小鬼邪神官被窩囊的部下氣得咬牙切齒，完全不認為問題出在自己拙劣的指揮。

要瞄準森人、蜥蜴人，還是凡人戰士？哥布林弓手們不知所措。

他們慢吞吞地把箭搭在弦上，突然想到有個被礦人保護著的凡人少女，於是瞄準她。

「GORG!?」

可惜下一刻，哥布林弓手的喉嚨就被箭射穿，吐出血泡溺斃。

放鬆下來的手射出的箭矢，發出可笑的噗咻聲，飛往截然不同的方向。

誰都無法從森人手下逃離。小鬼射手，剩餘四。

「唷，長耳丫頭挺行的嘛！」

小鬼的推測沒錯，礦人道士負責擔任女神官的護衛。

他的手按在裝觸媒的行囊上，揮動手斧，避免哥布林靠近。

幸好嚙切丸把為數不多的槍兵解決了。拿棍棒或劍的哥布林，根本不成威脅。

「GGOROGB!?」

「GOOBG!?」

一隻，又一隻。

哥布林殺手、蜥蜴僧侶、妖精弓手、礦人道士，接連奪走哥布林的性命。

「……………」

然而在後方觀察戰場的女神官，頸部寒毛倒豎的感覺仍未消散。

——這股異樣感是什麼……

能冷靜分析狀況的只有自己一人。正因如此，解開這個疑惑是自己的任務。

戰場上的她，只是拿著錫杖杵在原地罷了。她努力讓因此急躁的心情平靜下來。

小鬼邪神官揮動手中遺物，用手勢下達稱不上指示的指示。

一下晃到那邊，一下晃到這邊，踢被擄為俘虜的王妹殿下洩憤。

心不在焉。怎麼看都不像有在對天上諸神——等同於此的存在獻上祈禱。

——為何屏障沒有解除……？

難道邪惡之神如此慈悲為懷嗎？怎麼可能。

神蹟……法術……扭曲世界法則的行為，必定會伴隨代價。

代價是彷彿在消磨靈魂的祈禱、記在腦海的咒文、觸媒、體力。

——？

女神官不經意地望向黏住腳底的血泊。腦內閃現白光。

「哥布林殺手先生，是祭品……！」

她猛然抬頭大叫，這麼一句話便足矣。

哥布林殺手砍斷眼前的小鬼喉嚨，環顧四周。

地上的紅線，與小鬼暗紅色的血液混在一起。

經由凹槽通往祭壇的暗紅色圖案。

他當然會有既視感。

顯然是自己在牧場幫忙時，也做過好幾次的行為。

「**放血**嗎！」

沒錯，血的來源是小鬼的屍體——以及掛在牆上的冒險者亡骸。

冒險者體內的血液，在活著的期間被榨取了多少？死後仍要為小鬼所用嗎？

從屍體上滴下來的鮮血匯聚成流，在祭壇為邪惡之神帶來力量。

「GOROGBG!GOROBOGO！」

小鬼邪神官刺耳的笑聲傳來。女神官覺得兩眼發熱，眼前染上鮮紅。

無法原諒——為什麼會忍不住這麼想呢？

過去……第一次冒險時的伙伴身影閃過腦海。

死後還遭到玩弄，這樣豈不是誰都無法得到救贖嗎？

「我上了！」

她吶喊著舉起錫杖，冒險者們看了她一眼，點頭。

「交給妳！」

哥布林殺手大叫，蜥蜴僧侶咆哮道：「實不得已！」

蜥蜴人巨大的身軀，在哥布林射手們射箭前跳躍了三次。

用尾巴拍打地板躍去的身影，將小鬼弓手踐踏成爛泥。

「哈哈哈哈哈！汝等該認清自己已無路可逃！」

「GOROBOGO!?」

「GBBGOR！」

剩下兩隻哥布林弓手，扔下武器拔腿就跑。

以哥布林的智商來說，此乃明智的抉擇，前提是背後沒有敵人。

「十三——十四！」

不到兩秒，兩隻哥布林頭蓋骨就被擊碎，腦漿四濺，一命嗚呼。
哥布林殺手揮了揮手中的棍棒，甩掉黏在上面的肉。
「GOROBGOR!?」
「GRR！」
剩餘五隻雜兵，聚集在墓室中央。
小鬼邪神官在後頭大吼大叫，但他們本來就沒道理聽他的話。
哥布林們爭先恐後衝向女神官，舉起武器。
不然抓她當人質吧——他們當然不會有這種發想。
小鬼只是試著做些什麼來報復，想捕獲、淩虐她罷了。
「……」
女神官繃緊身子，瞪著前方的軍勢。
礦人道士擋在前面拿好斧頭，妖精弓手在遠方瞄準。
蜥蜴僧侶——正在注視自己的蜥蜴僧侶也映入眼簾。沒什麼好怕的。
小小的胸口吸滿空氣、吐出，她放聲吶喊：
「『慈悲為懷的地母神呀，請以您的御手，潔淨我等的汙穢』！」
偉大的地母神再度回應虔誠信徒的祈願，將神聖的御手伸向地表。
不可視的波浪以女神官為中心擴散開來，充斥墓室。

與此同時，滴到地上的鮮血瞬間轉變為清水。

——我並非要危害他人，而是為了守護，所以……！

所以，這次地母神一定會允許。女神官如此確信。

「GGBOGO!?」

小鬼邪神官混濁的驚呼聲，擾亂女神官帶來的這股清涼。

潔淨的水不適合當獻給邪神的祭品。

守護小鬼的障壁轉眼消失，小鬼邪神官處在毫無防備的狀態下。

「GROBOGOG！」

「唔……啊。」

不，還有東西可以保護他。

小鬼邪神官抓起她的頭髮，拿擄為人質的女子當肉盾。

一名冒險者大剌剌地走向他。

骯髒的皮甲、廉價的鐵盔，手上綁著一面小圓盾，手持從小鬼身上搶來的棍棒。

「呣。」

哥布林殺手瞥向身後。

哥布林們一隻隻死在妖精弓手的箭、蜥蜴僧侶的牙、礦人道士的手斧下。

女神官毫髮無傷。

哥布林殺手面向前方。

面露懼色的小鬼邪神官，拚命抓起王妹給他看，設法保護自己。

骯髒的臉上帶著嘲弄的笑容。

哥布林殺手開口。

「二十。」

他抬腿踢向小鬼的兩腿之間，在他倒地時揮下棍棒。

然後就結束了。

§

戰鬥一落幕，墓室便安靜得彷彿剛才的激戰從未發生過。

只聽得見微弱的喘氣聲，以及武器碰撞聲。

將箭矢輕輕架在弦上，觀察周遭的妖精弓手，終於可以放鬆下來。

「結束了……？」

「……似乎是。」

見兩位伙伴吁出一口氣，女神官隨即衝向祭壇。

——要對她說什麼？

距離明明沒多遠，這段路跑起來卻異常漫長，肯定是因為那個原因。

該高興她平安無事——單指性命的話——嗎？

還是該氣她偷走自己寶貝的鍊甲？

女神官覺得兩者皆非，在尚未得出解答的情況下，來到她身邊。

「……啊。」

茫然凝視自己的雙眼，映照出女神官困惑的表情。

看到她的狀態，絕對講不出「幸好」二字。不過，也許是因為她的身分是活祭品吧。

受傷、心靈受創、衣服被剝去，卻沒有滿身髒汙。

女神官依然想不到要說什麼，目光遊移。

然後，發現了它。

哥布林從冒險者身上搶來的戰利品，亂七八糟堆在一起。

哪裡都買得到的便宜鍊甲，被隨手扔在那座小山中。

修補過好幾次，直接買一件新的都比較好——不可能會認錯的、自己的鎧甲。

「……」

女神官將它拿到身邊，連著鍊甲一起抱緊王妹纖細的身軀。

「太好了……」

她總算擠出聲音。

這句話是在慶幸鍊甲還在，還是在慶幸王妹活著，連她自己都不知道。

但——應該不會只有其中之一。

鍊甲還在但王妹去世了，又或是反過來，都會在她心裡留下疙瘩吧。

因此，她同時抱住王妹與鍊甲。

不知道該說什麼。不過，她覺得這樣做是正確的。

「嗚、啊……啊……！」

王妹再也忍耐不住。她抱住女神官的身體，靠在她身上哭泣。

「已經，沒事了。」

好可怕。對不起。少女反覆說著，女神官輕輕撫摸她的背。

哥布林殺手看了她們一眼，吐出一口氣。

「噢。」蜥蜴僧侶見狀，眼珠子轉了轉。「小鬼殺手兄似乎寬心了。」

「……」哥布林殺手沉思片刻，緩緩點頭。「嗯。」

「畢竟她之前的狀態也不太穩定吶。」

「只要精神安定下來，理由我不會過問。」

「那麼，要問的——是這東西對吧。」

蜥蜴僧侶轉動長脖子，用腳爪踢了下刻在地上的紋章。

「怎麼看？」

「十之八九是企圖讓邪神之流復活。」

線條複雜怪奇、具規律性的凹槽，明顯是用來施法的。

既然這座墓室是迷宮的心臟，是打算在這裡召喚眷屬嗎？

「欸，工作做完了不是嗎？可以走了吧。」

妖精弓手累得垂下長耳，用眼角餘光瞄向女神官。

「不。」

哥布林殺手卻搖搖頭。

「上面還有哥布林的餘黨。全部殺光。」

「嗚嗯……」

妖精弓手發出打從心底不情願的聲音，「回程真令人害怕吶」蜥蜴僧侶笑道。

礦人道士喝著酒說「沒辦法」，女神官抱住終於恢復鎮定的王妹。

因此，並非有人太過大意，或疏於警戒。

硬要說的話，類似於擲骰。

滾動中的骰子，碰巧擲出那個點數……就這麼簡單。

「G……」

小鬼邪神官——被哥布林殺手一棍敲碎腦袋，仍一息尚存。

腦袋變得比之前更不清楚的小鬼，將手伸向咒具——遺物。

「GOR……B……」

哥布林邪神官自私地這麼想。

『我都做到這個地步了，怎麼可能不救我』。

自我中心的想法。那並非信仰。無論正邪，都不是侍奉神明該有的心態。

因此，回應只有一個。

「GOROBOG!?」

下一瞬間，**那東西**冒了出來。

宛如春天萌芽的種子，自地底破土而出的雙葉。

那東西刺破小鬼膨脹起來的背脊，現身於現世。

沾滿小鬼血肉的異形之手張開五指，彷彿盛開的花朵。

「嗨……！」

「什……!?」

面對這汙穢的畫面，冒險者們被迫確認自己神智是否清楚，啞口無言。

哥布林殺手擺好架式戒備，礦人道士把手伸向行囊。

妖精弓手驚訝地眨眼，一面拿起所剩無幾的箭。

然而，蜥蜴僧侶——以及女神官，知道那是什麼。

將黏在上頭不停抽搐的小鬼四肢往祭壇上抹，彷彿在把穢物塗上去的那東西。

是一隻蒼白的手。

比大樹更大、更粗的，巨大的手。

空中只有一隻手——骨節分明、脈搏跳動著的手臂，以及長著可怕利爪的手指。

被小鬼鮮血弄髒的手腕抬起，儼然是隻盯上獵物的蛇。

驚愕？恐懼？不知道。

然而，不能再嚇到自己懷裡的這名少女。

女神官抱緊王妹，用顫抖著的雙唇說出那個名字。

「魔神之手（Greater Demon's Hand）……！」

足以致命的兇猛暴風雪襲來，年輕女神官被難以忍受的痛楚，折磨得尖叫出聲。

信仰是無私無心地祈禱——不僅如此。

平息諸神的怒氣、獻上供品，帶來對自己有利的助力也屬於信仰。

那麼，哥布林的信仰又是如何？事到如今，大概誰都無從知曉吧。

「嗚、啊……！」

女神官痛得掙扎，卻連呼出來的氣都當場結凍，導致她更加痛苦。

昏暗的迷宮世界已被抹成一片雪白，冰雪的寒氣銳利得能劃破肌膚。

空中的鬼火瞬間消失，連殘留的熱度都不存在於現世。

但她並沒有離開原地。

因為懷裡的少女正在害怕、顫抖，發出微弱呻吟，因無法逃離恐懼而扭動著身軀。

她用纖細的手臂抱住她，用嬌小的身體努力守護她，繃緊身子。

「唔、喔喔……！」

因此，採取對策的是率先察覺到異變的蜥蜴僧侶。

他吐著白煙飛奔而出，張嘴發出足以撼動墓室的咆哮。

「喔喔，超越白色毀滅之人！手盜龍（Maniraptora）啊！懇請明鑒貧僧戰鬥的身姿！」

巨大身軀化為盾牌，擋住魔神之手釋放的猛烈暴風雪。

鱗片結霜。皮膚冰凍。牙齒、爪子都被白雪覆蓋，身體傾斜。

女神官眨了下快要凍住的眼皮，移動幾乎黏在錫杖上的手指，握好錫杖。

「我、現在……就用神蹟……！」

「萬萬、不可……！」

蜥蜴僧侶用一如往常、以彷彿在教導她的語氣對女神官說。

「貧僧，已用不了法術……！」

沒錯，無論是法術還神蹟，改變世界法則的祕術都會消耗體力。

蜥蜴人本來就不耐寒。閉上一半的眼睛，象徵他的體力已到極限。

因此，不能在這種時候使用珍貴的——女神官最後的神蹟。

女神官緊咬下脣，將「但是」、「不過」之類的詞吞回去。

「長鱗片的！」

然而，狀況並不會因此好轉。這樣下去會全滅。

看不下去的礦人道士吶喊，妖精弓手抱著身體警告：

「喂，情況……不妙啊……！」

哥布林殺手話都沒回就行動了。

他用綁在手上的圓盾及鎧甲，抵禦冰雹和冰霰，直線前進。

「還活著吧。」

「……暫且、死不了。」

隨後拿劍指向製造暴風雪的魔神之手，像要把他扛起來似的，撐起蜥蜴僧侶的巨軀。

他勉強支撐住蜥蜴僧侶沉重的身體，逐漸退後。

來不及奔跑了。現在的他，沒有針對結冰地板的對策。

蜥蜴僧侶說「感激不盡」，哥布林殺手簡短回道「不會」，在鐵盔下移動視線。

「做出……牆壁！」

「做牆壁……！」礦人道士的鬍鬚在暴風雪中劇烈飄動，大叫：「用雪嗎！」

他立刻將手掌往地上的積雪拍下去，妖精弓手看了那邊一眼，拔腿狂奔。

對與自然為伍的森人來說，結冰的地板和平地沒有太大差別。

「……這邊，快點！」

「是……！」

用錫杖撐住身體、護著王妹爬行的女神官，看來也到了極限。

臉色蒼白，嬌嫩的嘴唇也凍成紫色，冷到牙齒打顫。

趕過去的妖精弓手，也沒有禦寒工具。

但她卻用纖細的身軀努力護住她們，協助她們後退。長耳顫抖著。

「歐爾克博格，快點……！」

「好……！」

只過了數十秒，差不多一步棋。

冒險者們花了這段感覺異常漫長的時間重整態勢。

一群人聚在矮小礦人身後的畫面，想必十分滑稽。

「『冰姬啊冰姬可否勞駕，為這樣的勇者舞上一段』！」

但在如此絕境下，沒有比那宛如巨岩的背影更可靠的了。

由「靈壁(Spirit Wall)」召喚出的冰雪精靈，於冒險者周圍飄舞。

白雪迅速堆積，接著化為堅固的冰牆蓋住冒險者。

以雪防雪。連寒冷都能用雪遮蔽。

「簡易的雪洞……怎麼樣？」

「……勉勉、強強……」

蜥蜴僧侶氣若游絲，女神官碰觸他冰冷的身體，迅速診斷。

她並非醫生。不過身為地母神的神官，還是擁有相應的知識。

「治癒……不對，用活力藥水（Stamina Potion）！」

「好。」

哥布林殺手從雜物袋裡拿出兩只瓶子，扔給女神官。

「妳和那孩子也喝。」

「是！」

女神官用凍僵的指尖著急地拔開瓶塞。

接著從行囊裡拿出布，用藥水浸溼，讓蜥蜴僧侶含住。

他意識不清，不能硬灌藥水害他窒息。

見蜥蜴僧侶吸啜著，女神官也喝下結凍一半的藥水。

喉嚨流過一股暖流，腹部陣陣發熱，女神官鬆了口氣。

「嚙切丸，長耳朵的，你們也喝。」

施展完法術的礦人道士灌著酒，一副已經完成任務的態度，扔出酒瓶。

哥布林殺手接過，從鐵盔縫隙間倒進去，再遞給妖精弓手。

「喝。會變暖。身體動不了的話，會死。」

「……我不愛喝這個的說，雖然現在由不得我挑剔。」

妖精弓手「嗯」地皺眉，雙手接過酒瓶，小口喝著。

然後從冰牆上方探出頭，觀察魔神之手。

以哥布林的血肉為種子和土壤的那隻手，還在祭壇上。

召來暴風雪後，根部——從斷面伸出的肌肉纖維蠢動著，不停抽搐。

驚悚的畫面。這畫面實在讓人不太想看，但她是斥候。沒辦法。

「……那隻手，好像伸不到這裡。」

「目的已達成。」哥布林殺手說。「那孩子的狀況如何。」

「……很虛弱。」

女神官將自己喝了一口的藥水湊近，讓王妹含住。

「我想，應該沒辦法在這裡待太久。」

「怎麼看？」

如此詢問的哥布林殺手見蜥蜴僧侶奄奄一息，輕聲咂舌。

「……不，要不進攻，要不撤退吧。」

他改口說道，把劍收進腰上的劍鞘，吐出一口氣。

接著環顧眾人。

剩餘的施法次數剩下礦人道士一、女神官一。蜥蜴僧侶想必已經到極限了。

殺了哥布林。救了少女。地面上還有哥布林。

暴風雪愈發猛烈。那隻手明顯是混沌之流，不過——……

「沒理由非得打倒他。」

結論只有一個。

對呀。妖精弓手微微一笑。

「確實。用歐爾克博格的說法就是，那又不是哥布——」

到此為止。

冰牆發出巨響被擊碎，妖精弓手話講到一半，身體飛向空中。

「啊、哇……咿!?」

伴隨類似樹枝折斷的聲音，她撞上墓室的牆壁，吐出鮮血。

發生什麼事？答案很簡單。

魔神之拳將他的肌肉纖維如繩索般擰在一起，**彈了起來**。

媲美巨人的粗壯手臂，輕而易舉打碎防壁。

冒險者們被冰的碎片擊中、掩埋，不幸的是，只有擔任斥候的她遭到直擊。

女神官尖叫著呼喚如枯葉般無力摔在地上的妖精弓手。

「我……沒、事……」

微弱、斷斷續續的聲音。哥布林殺手在鐵盔下望向女神官，她一臉快要哭出來的樣子點頭。

他吐出一口氣。

那就沒問題了——不足以致命。倘若妖精弓手有生命危險，她不可能不如實以告。

「那傢伙，會動嗎……！」

哥布林殺手拍掉雪站起來，卻無法立即行動。

眼前是狀似一隻抬起頭的蛇的魔神之手。

——這東西看得見？

他不這麼覺得。是具備超自然的感應力，或其他能力嗎？

他的腦海突然閃過獵鹿的方法。把雪含在口中，與大自然融為一體，然後下手。

「怎麼做，嚙切丸！」

礦人道士像要把自己蓋住般，扛起蜥蜴僧侶巨大的身軀。

女神官抱著王妹爬向前，攙扶住搖搖晃晃站起來的妖精弓手。

哥布林殺手無法馬上回答。

不是哥布林。該怎麼做。不是哥布林。不是哥布林。

不是那個不知道叫什麼的怪物，不是下水道的怪物，不是闇人(Dark Elf)，不是那隻海蛇。

他為自己有多麼缺乏經驗而感到驚訝。

他在思考。老師也說過。你只能持續思考。

沒有才能。沒有智慧。沒有技術。有毅力。所以去思考。

他思考著。掉下來的會是冰柱還是雪球。

自己的口袋裡有什麼。在那之中——……

「我有計策。」

他終於擠出聲音。

「……要上了。」

連他自己都不相信，自己會發出這種聲音。

「是！」

回應立刻傳來，沒有一絲躊躇。

用凍僵的手握緊錫杖，拚命驅使瑟瑟發抖的身體行動、直盯著這邊的少女。

女神官展現出的態度——正是所謂的信仰。

§

魔神之手又餓又渴。

奪取再多的小鬼血肉與靈魂，都滿足不了。

——冒險者。

得殺掉那些冒險者，那些祈禱者（Prayer）。

想必正在準備赴死的、可悲的人們。他們的生命。魂魄。絕望。

魔神之手渴望著那些事物，愛憐地撫過空中。

——有了。

魔神的感覺、思考方式都與人類截然不同，無法理解。

究竟他——還是她？——在想什麼，我等也只能憑空想像。

不過，看見抱著蜥蜴人、森人少女、凡人祭品緩緩退後的礦人——

他的肌肉蠕動的原因，想必是出於喜悅或欲望。

魔神之手的肌肉纖維膨脹成粗繩狀，整個身體——整隻手擰在一起。

在他準備跳躍的瞬間——石塊從旁邊砸來。

魔神之手停止動作，晃動手腕，有如一隻被拍掉的手。

「我在、這邊……！」

區區的小石頭。即使用了投石索，少女瘦弱的手臂扔出的石頭也無法造成傷害（Damage）。

身體因恐懼及寒冷顫抖不已，卻努力克制住的少女。

看見她的瞬間，魔神之手的速度快到令人瞠目結舌。

散發不祥氣息的手指在轉向的同時如蜘蛛般蠢動，咬住地板。

「……嗚!?」

喀吵喀吵地爬過來的噁心動作，害女神官忍不住尖叫。

這個速度，她根本來不及反應。

會被抓住、握住，在扭動身子掙扎時被捏爛、絞爛。

骨肉變成爛泥，各種液體都從內臟榨出，化為活生生的破布。

「休想得逞……！」

「——!?」

女神官直到最後都沒有閉上眼睛，在她快被抓住的前一刻，魔神之手滑向旁邊。

是因為結凍的地板嗎？不對。那麼是因為魔法嗎？不對。

「可燃之水（Gasoline），又稱美狄亞之油或石油。」

廉價的鐵盔、骯髒的皮甲，手上綁著一面小圓盾，腰間掛著一把不長不短的劍的冒險者。

裝備大概連新手冒險者都不如的那名男子，將小瓶子扔到地上。

黏稠的黑油灑了一地。

「————！」

魔神之手的腳——手指？——被油絆住，在地上滑動、掙扎。

「哥布林殺手先生，火……！」

「太冷，點不著。」他嚴厲地對女神官說。「退下，快跑！」

「是！」

女神官一面注意別滑倒，拚命跑向墓室深處。

哥布林殺手將她護在身後，手伸進雜物袋。

「──冒險時別忘了帶嗎。」

他喃喃念出像是女神官口頭禪的這句話，取出鉤繩。

鉤子射向在黑油與冰上掙扎的魔神之手。

僅僅勾在其上的鉤繩，果然無法造成傷害，然而──……

「唔……！」

哥布林殺手用力一扯，巨腕便開始在黑油上滑動。

這樣就能稍微彌補肌力與重量的壓倒性差距。

當然，即使如此仍不足以逆轉戰況，因此什麼都不能浪費。

「過來……！」

哥布林殺手彷彿在對待一隻不聽使喚的牛，拉住繩子控制他的動作。

他趁魔神之手還應付不了油，將繩索在手上纏了好幾圈牢牢握住。

在地上潑油是可以，但自己也踩到就沒意義了。他以滑步移動，維持距離。

身體蹲低，雙腿使力。能活著回去的話，該保養一下鞋釘……不，該貼上毛皮。

「──！」

可惜，敵人也不可能任他擺布。

魔神之手硬是抬起手腕，像要趕走煩人的蒼蠅般揮下手指。

「唔、喔……!?」

哥布林殺手身體浮到空中。

下一刻，他就被砸在墓室的牆壁上，如同小孩子用繩子甩著玩的玩具。

「嗚!?」

鎧甲扁掉的聲音傳來，但他仍未放開繩索。

要摔到地上了。他在用力墜落前拍打地面，減緩衝擊。沒事。沒有骨折那麼痛。

「哥布林殺手先生！──哥布林殺手先生！」

衝向墓室深處的女神官回過頭，發出撕心裂肺的哭聲。

「沒……問題……」

他嘖了一聲，站起來。

──沒錯，還能戰鬥。很危險，不過還能打。

比之前在遺跡地下，被那個忘記叫什麼的怪物痛毆時來得好。

搞不好那是比想像中更高階的怪物。

莫非是因為自己的能耐（Level）有所提升？

——不管怎樣，敵我間的力量差距並沒有看起來那麼懸殊。

他對自己可笑的想法嗤之以鼻，撐住搖搖晃晃的身體站起來。

「妳那邊，如何。」

「是、是！」女神官急忙面向自己的目標。「我……馬上好。」

她抵達墓室深處的雙開式門前，握緊手中的物品。

藍色緞帶（Blue Ribbon）。

劍之聖女交給他、他又在剛才託付給自己的道具。

女神官緊張地用纏著緞帶的手觸碰門扉。

門旁發出藍色的光，浮現一排印記。

那是失落的神祕光輝。在光芒照耀下，女神官咬緊嘴脣。

——果然。

女神官想起劍之聖女說過的話，將手放在平坦的胸前。

——這是這裡的鑰匙……！

纖細的手指迅速按下按鈕。沒問題。可以的。

「準備好了！」

「是嗎……！」

哥布林殺手使出最後的力氣，拉扯鉤繩。

魔神之手嘎吱一聲緊抓地面，試圖定在原地。

勢均力敵——不過那也只是一瞬間。

「吸……!?」

掌中的拉力忽然消失，哥布林殺手腳步一陣踉蹌。

放棄抵抗的魔神之手，一面被哥布林殺手拖著，一面抬起手指。

「…………——咿!?」

女神官下意識叫出來。墓室的溫度彷彿又下降了幾度。

魔神的手掌壓縮空間，凝聚起魔力。

——又是，暴風雪……!?

過去的戰鬥如同閃光，於女神官腦內閃現。

巨大的食人鬼（ogre）。

高高舉起的手。

龐大的魔力——火焰。

以及他的背影。

之前，她沒有用盡手段行動。

現在。

可是，現在……！

「哥布林殺手先生！」

「歐爾克博格！」

——據說，高度熟練的技術（Skill）堪比魔法（Spell）。

妖精弓手的弓術正是如此。

她單膝跪地，以此為支撐，用牙齒拉緊架在身體左側的弓。

這副模樣雖不尋常，卻美麗又威風凜凜。至於弦上的箭……

「『伶盜龍的鉤翼呀，撕裂、飛天，完成狩獵吧』！」

蜥蜴僧侶以稍微恢復的活力，研磨出龍牙刀（Sharp Claw）。

「巨大的災厄又如何！欲取我等性命，少說得用從天而降的火石！」

因寒冷而火勢減弱的生命之火，燒得比剛才旺了些。

否則就算他還有意識，也無法獲得父祖最後的助力。

當然——並非靠一己之力。

「『跳舞吧跳舞吧，火蜥蜴，把你尾巴的火焰分一點給我』！」

而是多虧礦人道士以石炭為觸媒發動的「點火（Tinder）」。

他憑藉矮人特有的強壯身軀，將三人搬到升降機前，得意地咧嘴一笑，拿起火酒喝。

「上，長耳朵的！」

「——喝啊！」

白光伴隨不符合森人形象的嘹亮吆喝聲，貫穿墓室。

龍之牙，伙伴的牙，刺中魔神之手。

「——!?」

果然——只能說不痛不癢。

再怎麼優秀，終究是姿勢不穩的森人射出的箭，對手則是——儘管只有一隻手——最高階的魔神。

能射穿他的表皮已經很了不起——沒錯，這樣就夠了。

因為，可畏的龍牙確實具備打斷魔神之手使用法術的威力。

魔神之手受到刺激，反射性後仰，魔力漩渦逐漸自掌中消失。

扭曲的空間如浪濤起伏般恢復原狀，這個瞬間。

「喔……！」

哥布林殺手不可能放過這個機會。

靠蠻力拉扯的鉤繩，以及地上的油，讓魔神之手滑了出去。

「——！」

——就是現在。

面對高速接近的威脅，女神官一秒都沒猶豫，按下升降機的按鈕。

門靜靜開啟。魔神之手如字面上的意義，滑進門後。

「——！」

門後是通往深淵的奈落豎穴。

掉下去的話，任何存在都不可能保住性命——然而，魔神之手也不會那麼簡單就墜落。

即使沾到了油，他還是張開鉤爪攀住內牆，爬向上方。

那是蜘蛛般的詭異動作，駭人的異界生物的動作。

要掉下去，也得抓這名少女陪葬。

也許就是這樣的執念，讓魔神保有意識。

——沒錯，正因如此。

「『慈悲為懷的地母神呀，請以您的大地之力，保護脆弱的我等』！」

正因如此，現在，此時此刻，該輪到她出馬了。

磨耗靈魂的祈禱上達天聽，慈悲為懷的地母神引發神蹟。

不可視的「聖壁（Protecion）」為了守護勇敢的信徒，將豎穴蓋上。

「嗚……！」

遭到拒絕的魔神之手仍未放棄，每當他拍打障壁，女神官都會因障壁受到的衝擊呻吟出聲。

但也就到此為止了。

魔神之手很快就滑向下方，不死心地抓著牆壁，向底下的黑暗落去。

一點聲音都沒發出——……不久後，妖精弓手晃著長耳吁出一口氣。

「成功……了？」

一副不敢置信的模樣。

然而，女神官沒有回答。不對，是無法回答。

脖子隱隱作痛的感覺尚未消失。

——還沒結束……！

「——！」

沉悶聲響響徹四周的瞬間，「聖壁」像即將碎裂的玻璃般出現裂痕。

「嗚、啊啊……!?」

魔神之手讓整隻手的肌肉纖維膨脹，彈跳起來毆打障壁。

彷彿是自己被擊中的痛楚，令女神官痛得尖叫出來，雙腿一軟。

接著是第二拳。

「嗚呃……!?」

視線模糊。衝擊貫穿心窩，喘不過氣。女神官倒在地上呻吟。

「咿、嗚……」

第三拳。直達腹部深處的一擊，導致她抬起腰部抖了一下。

——可、是……！

她嚥下口中冒出的苦澀唾液，瞪向前方。

——還沒……還不可以。還不行……還不行！

她並不具備確信。

只是覺得，必須撐下去。

不能在這裡倒下。

哥布林。被偷走的鍊甲。得救的少女。被拯救的自己。劍之聖女。伙伴們。

亂成一團的思緒。是走馬燈嗎？不，不對。沒時間想這些了。

——哥布林、殺手、先生……！

「要來了！」

他的聲音有如福音。女神官以此為寄託，以此為支柱，站起來。

魔神之手繃得緊緊的，從下方往神聖之壁推。

——怎麼了……怎麼了？

不知為何，女神官能輕易理解魔神的困惑。
因此她痛得扭曲的面容上，依然露出無畏的笑容。
「這可是……**升降機**唷……！」
從下方升上來的「箱子」，招致致命的結果。
迅速升上地面的鐵塊及「聖壁」，將魔神之手夾在中間——
「——！——……！！　！！！　！」
撐了幾秒後，魔神之手發出噁心的噗滋聲，變成單純的肉塊。
與魔神混雜在一起的小鬼血肉隨即滴落，大概是咒術的聯繫消失了。
從升降機縫隙間流出的黑色液體，發出駭人的異臭。
不久後，完成任務的「聖壁」消失，與這個空間格格不入的輕快聲音在墓室響起。
升降機的門靜靜打開。據說，那是通往遙遠深淵——奈落之底的入口。
每個人都氣喘吁吁，呼吸微弱，好一段時間說不出話。
「……槌子，跟……鐵砧……」
女神官終於喘著氣開口。
快要站不住的她踉蹌了幾步，急忙拿好錫杖。一隻手撫上悶痛的腹部。
已經到極限了。祈禱統統用完，進入城塞都市後，一直戰鬥至今。

粗糙的手甲一把抓住她倒向前方的纖瘦身軀，拉過來。

「沒錯。」哥布林殺手說。「虧妳記得。」

「因為……」

女神官汗水淋漓的臉上，總算浮現笑容。

「因為，是你教我的。」

「……是嗎。」

「是的。」

哥布林殺手沒再說話，撐住她的肩膀邁步而出。

一步，一步。踩著被油、水、血、肉弄髒的地板，向前，向前。

來到又近又遠的另一座升降機前，伙伴們果然互相攙扶著，在等待他們。

——跟之前完全相反。

女神官腦中冒出這個想法，瞇起眼睛。

看起來並沒有特別顧慮到她，卻走得比平常慢的步伐，令她覺得格外開心。

然後——她突然發現。雖然只是件無關緊要的小事。

——這是第一次……被他扶著走路呢。

她感受到自己臉頰開始發熱，低下頭。他的鞋子與自己的腳並排著。

所謂第一次——大概，一定，不會全是不好的回憶吧。

她在迷宮的中心如此想道。

§

當然，事情不會就這樣結束。

「跑去……那邊了！」

「啊啊，討厭！」

搭乘升降機回到一樓的他們，再度遭遇哥布林。

「GROORB！GBOOROGB！」

「GBBOROOROB！」

數量比剛才少。是餘黨嗎？還是從其他樓層來的？

「GOOBOGB！」

「喝、啊……！」

女神官拚命揮動錫杖，牽制帶著下流笑容逼近的哥布林們。

妖精弓手迅速放箭——然而，她的動作和平常相比，遲鈍得彷彿白瓷級。

再加上她用的箭並非樹芽箭，而是從小鬼手中搶來的生鏽鐵箭。

「好……痛……！」

「GOOBOG!?」

就算這樣也夠了。眼窩被箭射中的哥布林倒向後方。

「五！」

哥布林殺手立刻殺向另一隻。

「GBBOOGB!?」

他用盾牌擋下棍棒，分散衝擊，推倒哥布林將他壓在地上。

拿圓盾制伏白費力氣掙扎的小鬼，刀刃刺進喉嚨，用力一轉。

「GOO!?GROGB……!?」

哥布林被自己吐出的血泡溺死。

「六。」

哥布林殺手喃喃說道，女神官、妖精弓手喘著氣看向對方。

墓室裡到處都是小鬼屍體，包括在剛才的戰鬥中沒吸引來的部分。

哥布林殺手一面蹂躪那些屍體，一面環顧四周。

「附近的情況如何。」

「沒問題。」妖精弓手無力地晃動長耳。「我有點沒自信就是了。」

語氣中帶著強烈的倦意。她左肩靠著牆壁，護住垂下的右手。

「……那我去叫大家過來。」

女神官打起精神回答，儘管沒有受傷，她的狀態也好不到哪去。
她因疲憊而拖著腳步，搖搖晃晃走到門邊，打開門。
「可以出來了。」
「噢，抱歉……」
苦著臉的礦人道士，從門後緩緩走出。
矮小的身體扛著蜥蜴僧侶的巨軀，以及瘦弱的王妹。
「真對不住……貧僧實在動不了……」
蜥蜴僧侶咕噥著道歉。
雖說他的體力恢復了一些，也只是一些而已。
從極寒魔法下生還的他，動作明顯缺乏活力。
不，缺乏活力的不只蜥蜴僧侶……
「別這麼說……如果我更有力量就好了。」
女神官搖搖頭。她所說的力量是指單純的肌力，也是指信仰之力。
如果神授予她更強大的治癒神蹟……
如果她還擁有能讓靈魂與天上連接，維持虔誠祈禱的集中力及體力。
礦人道士感覺出她的內疚，露出疲憊笑容：
「可是，妳背不動這兩個人吧？」

「不過……」

「再怎麼有力氣，凡人與礦人還是有差的。」

因此，這叫適才適所。

即使她這麼說，女神官還是深深體會到自己力量不足。

她咬住嘴唇，為蜥蜴僧侶與王妹檢查身體。

她此刻能做到的，就是這個。

本來就生命力強韌的蜥蜴僧侶暫且不提，處於虛弱狀態的王妹很危險。

女神官輕輕撫上她的臉頰，她小聲說了些什麼。

「謝謝」和「對不起」。

如同夢話的話語，不時參雜進「哥哥」、「爸爸」、「媽媽」。

仔細一看——她要不是和自己同年，就是比自己小吧。

十六歲的女神官彷彿看見令人心痛的畫面，閉上眼睛。

一年半前的自己也是這樣。

一無所知、天真無邪、實力不足，又愚蠢。

——她就是我……！

女神官抱緊王妹傷痕累累的身體。

在那之後，自己做了多少事？

為她做了什麼？

有為他派上用場——

「沒有的東西就是沒有。」

突然傳來的低沉聲音，使女神官馬上抬頭。

哥布林殺手沒有放鬆警戒，監視著周遭，靠在牆上站著。

他難得這樣。

「既然如此，只能憑手邊有的東西去做。」

「……我想你應該是叫她不必在意，不能換個說法嗎？」

妖精弓手蒼白的臉上冒出冷汗，跟平常一樣責備哥布林殺手。

不時會繃緊身子，按住側腹。

只是瘀傷的話倒還好。萬一骨折了……

「兩位——」女神官努力讓聲音不要顫抖。「沒事嗎？」

「嗯。」哥布林殺手點頭。「動得了。」

「沒問題。」妖精弓手簡短地說，閉上眼低下頭。

他們都沒有說自己沒事。

所以女神官也只輕聲回答「好的」，陷入沉默。

冒險者稍事休息後，再度開始行動。

不能在這停留太久。

誰都沒有說話。

可是所有人都知道，前方有什麼東西在等待他們。

一行人警戒著走過彎道，像要填滿一格又一格的格子般，在階梯上前進——邁向地面。

去程他們是一面戰鬥一面猛衝，僅僅花了十幾分鐘不到。

儘管中途有停下來休息，如今卻覺得這段路走了一小時、兩小時那麼久。

等到終於爬上漫長的階梯，他們看見的是——

「GOOROGB……！」

「GOOBOGR！GBOG！」

「GROOR！」

「GBBG！GROORGB！」

——哥布林。

女神官帶著夾雜恐懼、鎮定、覺悟的表情，站在原地。

綠皮膚（Green Skin）的怪物，淹沒迷宮前的廣場。

他們奸笑著妄想要如何淩虐女神官、妖精弓手、冒險者們。

手上拿著雜七雜八的武器，數量是——二十、三十嗎？還是四十、五十？

「……哎，不意外。」

礦人道士一副興致缺缺的模樣。

「畢竟剛才那個什麼魔神的手鬧那麼大。要是沒有他大概不會被發現吧。」

「……跟平常相反呢。」

妖精弓手乾笑道。表情和過去在下水道遇到小鬼群時相同。

「搞得像我們才是要被驅逐的那一方……」

「迷宮有龍，洞窟有巨人，深淵（Abyss）有冒險者（Adventurer）。呵呵呵。」

合理，合理。蜥蜴僧侶蹣跚地從礦人道士背上下來。

「長鱗片的，你行嗎？」

「什麼話，貧僧早已決定，臨終時要直立於大地。」

他猙獰地動動下顎，露出利牙。

做好覺悟了——不，他們蜥蜴人無論何時都懷抱著覺悟。

因為對蜥蜴人來說，今天是結束生命的好日子。

「那麼，小鬼殺手兄，有何妙計？」

蜥蜴僧侶愉悅地問，轉動眼珠子。

這段期間，哥布林仍在步步逼近。

沒有馬上衝過來，意圖顯而易見。

他們喜歡看冒險者縮在迷宮入口。

與自己立場對調的人類四處逃竄的模樣，實在很有趣。

看到平常屠殺自己的傢伙這麼窩囊，小鬼打從心底覺得痛快。

那就讓他們嘗嘗苦頭，讓她們懷孕，吃掉他們吧。

女人沒什麼肉。一下就會死。那就玩到她們沒命。

不，死了又怎樣。扭斷頭做成玩具吧。

等一下，把他們埋進地底，只露出一顆頭，比賽誰能用斧頭把頭砍得最遠也不錯。

「GOOBGBOG！」

「GRROORǃGRBB！」

「GGGROORGB！」

哥布林們奸笑著接近。

哥布林殺手一語不發。

「哥布林……殺手、先生……？」

女神官靠到他旁邊，抬頭望向鐵盔。

她覺得自己應該開口。

但不知道要說些什麼。

想說的話、腦中的思緒太多，好不容易才控制得住。
因此，到最後她只是默默凝望他的鐵盔。
廉價的鐵盔。
雖然看不見面罩下的表情……
「國家和軍隊，不會為這起事件行動。」
「……是。」
哥布林殺手謹慎地尋找立足點。
他確認迷宮入口處的面積，深深蹲下，拿起武器。
他待在小鬼無法善用數量優勢的位置。
他打算迎擊。
他沒有放棄。
「也不想讓其他人知道家人被小鬼抓走。」
鐵盔動了一下。視線移到王妹身上。
是的。女神官再度點頭。
喀啷喀啷的聲響傳來。是錫杖上的環。她的手在發抖。
女神官重新握緊錫杖，聲音並未消失，牙齒打顫，發出喀喀聲。
「哥布林、殺手……先生……」

她知道這樣很愚蠢，卻不得不這麼做。

小小的手像在尋求依靠般，伸向他粗糙的皮護手。

他沒有甩掉她的手。

而是盯著哥布林說：

「這是指剿滅哥布林。」

哥布林來了。

妖精弓手好不容易將剩下的箭架到弦上。

哥布林來了。

礦人道士輕輕放下王妹，拿出手斧。

哥布林來了。

蜥蜴僧侶兇猛地張開雙手與尾巴，直挺挺地站著。

哥布林來了。

女神官咬住嘴唇，用瑟瑟發抖的一隻手拿好錫杖。

哥布林來了。

裝備廉價的鐵盔、骯髒的皮甲，手上綁著一面小圓盾，拿著一把不長不短的劍的冒險者說：

「但，倘若不只如此。」

哥布林——……

「『司掌審判、執劍之君，天秤之人呀，顯現萬般神力』！」

§

§

——哥布林消失了。

「GOOROGB!?」

「GBB!?OROG!?」

紫電一閃。

大氣沸騰，從天而降的斷罪之刃殲滅了哥布林。

被烏雲覆蓋的天空發出耀眼如正午的光芒，雷龍低吼著。

無聲——不對，伴隨使聽覺麻痺的巨響降下的這一擊，誠可謂神威。

「什……」

「哎唷喂……」

妖精弓手瞪大眼睛，倒抽一口氣，礦人道士傻眼地嘆息。

「原來如此，槌子與鐵砧。」蜥蜴僧侶佩服地搖晃長脖子。「來這招啊。」

「GOOROGB!?」

「GBBOOG!?」

四處逃竄的哥布林，沐浴在暴雨般的閃電下，接連斷氣。

在這之中，女神官直盯著她的身影。

「**各位，敵人並非小鬼。**」

以黎明的淡藍色天空為背景——站在城牆上的她。

「**而是企圖將混沌魔神招致四方世界的不祈禱者們，邪神之流。**」

帶著白鱷——聖獸的美女。

白色薄衣覆蓋住豐滿的肉體，金髮在陽光下閃耀。

將有著天秤劍鍔的長劍反轉持握的法杖，象徵正義及公平的律法。

若將至高神畫成女神，想必就會是這樣一名美女吧。

可惜的是，她的雙眼被黑色眼帶遮住。

但這絕對無損她的美貌。

不對，或許眼帶還讓她的美更加突出。

「有位冒險者曾對我這麼說過。」

她把不符形象、字跡潦草的資料，抱在豐滿的胸前，彷彿將其視為聖典。
然後高舉天秤劍，像要吐出溫柔的情話似的，輕啟雙唇。
「希望他們每一隻，都不能活著接受制裁。」
——城門處傳來回應她的咆哮聲。
氣勢洶洶地殺過來的神官戰士們，如字面上的意思蹂躪了哥布林。
天秤劍低鳴著，小鬼的頭蓋骨瞬間被擊碎，讓他們改過自新。
「戰女神啊！請為我等帶來勝利！」
「慈悲為懷的地母神呀，請以您的大地之力，保護脆弱的我等！」
「司掌審判、天秤之君，劍之君啊，賜予我等光芒……！」
「我等繞行世界的風之神，尚請為我等的旅途賜下幸運！」
「蠟燭的守衛啊，請為我等前方的黑暗，帶來一盞燈火！黑暗萬萬不可降臨！」
高呼著諸神之名前進的他們，絕非國軍，也不是冒險者。
只因為一道命令——一名偉大聖職者的一道命令趕來的神殿勢力。
勝負不言自明。
曾經與魔神王交戰的英雄在場。
即使是這個世界最恐怖、最幽深的迷宮也不足為懼。
區區哥布林算什麼。怎麼可能會輸。

想包圍人類卻反被包圍的小鬼們，哀號著東逃西竄。

八成是想跑進迷宮。他一如往常，對逃過來的哥布林集團拿起武器。

「我告訴過她。」

哥布林殺手說。

語氣聽起來，彷彿正在凝視耀眼的存在。

「剩下就要看她自己了。」

——啊。

女神官眨了下眼。

她確實看見了。明明不可能看見，但確實看見了。

劍之聖女手中的天秤劍，在搖晃。

嘴角微微抽動。牙齒不停打顫。

之所以靠著白鑞，是因為膝蓋使不上力。

——不過。

她就站在那裡。

背對朝陽，全身染上金色，宛如真正的女神。

怕得縮起身子、雙腿發軟、面露懼色，即使如此——依然勇於面對小鬼。

女神官察覺到，劍之聖女失明的雙眼直盯著他。

那就是答案，那就是理由。

意識到自己一隻手還抓著他的手，女神官臉泛紅潮。

正準備鬆開手指，猶豫片刻，又輕輕碰觸，然後才終於拉開距離。

她覺得難為情，覺得自己沒用，覺得悲慘，可是。

——想成為。

這個人的力量。

這一天，她將小小的祈禱藏進小小的胸部。

總有一天，一定要。

間章

「大概比屠龍來得好一點的故事」

「哎呀，不過……虧您想得出這個主意。」
「沒什麼大不了的。」
流經王都的河邊，某位貴族的宅邸，連雙月都隱去身姿的黑夜。
在與職位、家世相襯的奢華會客室中，兩名男子隔著桌子共飲。
身穿為肥胖身材特別訂製之華服的，這個國家的貴族。
頸部掛著獨眼異形聖印的，信奉邪神之人。
此即為四方世界歷史中從未消失過的惡漢們的宴會。
「靠天之火石的力量操縱小鬼，抓走公主，以公主為祭品復活魔神……」
「讓魔神與來自星辰彼端之人交合，創造出駭人之物（Horror）。」
「等到支配那個連公主都能偽裝的東西後，國王根本算不了什麼。」
貴族這麼說道，晃著肚子咯咯笑著。
他似乎深信自己有辦法支配從異界出現的未知存在。

「只要其中一項目的達成就夠。就算全部失敗，只要放出公主被玷汙的消息……」

她就休想跟人成婚了。血脈的力量就此斷絕，國王的威嚴也會受損，宮廷的勢力會發生劇烈變化。

「就算是王的血親，哪能讓那種本來是冒險者的小毛頭干政。」

貴族一副痛心疾首的模樣，搖搖頭。

儼然是個為世道憂慮、義憤填膺、世上到處都有的高潔人物。

至於他認為誰才有資格執政，那副態度勝過一切的說明。

「……總之，只要閣下上位後讓信徒增加，我們就滿足了。」

「覺知神。」貴族露出滿意的竊笑。「祂的睿智也能給我帶來利益。」

「不過，勇者該怎麼處理？」

「沒什麼好怕的。只不過是個被捧成白金等級和勇者，揮著玩具、只會講好聽話的小丫頭。」

貴族喝著邪教徒倒的酒，用袖口擦掉嘴角的紅色液體。

「肯乖乖聽我使喚當然最好。不肯的話，就隨便想個辦法處理掉吧。」

「那種個性是我討厭的類型啊。」

「對方也不會喜歡我們吧。真想看看那幾個丫頭哭著求饒的模樣。」

貴族揚起嘴角，臉上的贅肉晃動，大概是起了骯髒的念頭。
邪教徒陪笑著拿起自己的酒杯。
勇者、賢者、劍聖這些女流之輩才不關他的事。
重點在於那個私生子得到那份力量後會如何。
智慧就是力量，力量能統治世界。很少人能理解其滋味有多麼甜美。
雖然並非出於這個原因，但邪教徒腦中突然浮現微不足道的知識，接著又消失了。
「……對了，很久沒聽說那個**礙事的傢伙**的消息。」
「呵呵，莫非你相信那傳聞？無聊。那只不過是庶民編的故事。」
就在這時。
地震？暴風雨？還是雷鳴？
潺潺流水聲忽然變成激烈的浪濤聲，一陣巨響傳遍四周。
那是破城槌擊碎城門的聲響，船的尖端撞破牆壁的聲響。
破牆衝進會客室的——沒錯，毫無疑問是渡船的船首。
「怎、怎麼了!?」
「你們兩個，好久不見啊。」
回應大聲驚呼的貴族與邪教徒的嗓音，同樣自船首傳來。

存在感如影子般薄弱的槳手——從黑衣勾勒出的身體曲線來看，是女孩子嗎？——並非密探。

一名男子站在旁邊，態度光明正大，與這場面顯得格格不入。

異樣的男子俯視著瞪大眼睛的惡漢，低聲嘲諷。

「這麼久沒碰面，怎麼樣？差不多該想念我了吧。」

啊啊，看吶，那閃亮奪目的裝備。

在黑暗中仍能綻放耀眼白光的鎧甲、盾牌、頭盔、護手，以及腰間那把劍。

治癒加護、破邪之光、不凍的守護、原初之火、渦漩之風。

渾身裝備令人瞠目結舌的魔法武具，其名為——

「金剛石騎士（Knight of Diamond）……！」

那只不過是某種傳說，街頭巷尾口耳相傳的故事、童話，應該是這樣才對。

最近幾年迅速在市井之民口中擴散開來的、單純的幻想，應該是這樣才對。

隱藏相貌，在黑暗中討伐邪惡的都市騎士（Street Knight）。

然而，世上怎可能有如此好事之人。

說到底，將黑心商人、貴族、邪教逐一斬殺殆盡，跟殺人魔有何分別？

那個滿腦子正義思想、愛擺國王架子的小毛頭，又怎可能放任不管。

但他確實出現了。是誰？什麼來頭？

——只是個**騙子**。

貴族似乎是這麼想的。

不曉得是重新確認了自己的地位及名聲，還是將對方當成區區鼠輩。

他認為自己的判斷沒錯，盛氣淩人地大吼：

「無禮之徒！你以為這裡是誰的宅邸！給我摘下頭盔！快摘下！」

「哦，想看我的臉是吧。」

金剛石騎士愉快地低笑出聲，有如一隻低吼著露出利牙的獅子。

「無妨，但你可別後悔啊？」

閃亮的護手摸上頭盔面罩，靜靜向上推。

瞥見頭盔底下的面容，貴族與邪教徒不禁瞪大雙眼——

「什麼……!?」

「莫、莫非……！」

——啞口無言。

他們目睹了不可能的光景。難以置信、不該存在、忘不掉的長相。

雙膝一軟，屏住氣息，驚慌失措，失去理智，嚷嚷著：「來人，來人啊！」

攜帶武器的貴族私兵急忙趕到，也不知道發生了什麼事。

再加上邪教徒扭曲空間，從異界召來的惡鬼羅剎、魑魅魍魎。

撞見異界的存在依然沒有動搖，代表這些私兵也是同罪。

真是。金剛石騎士嘆了口氣。

儘管有「善惡兼容」這麼一句話，也不足以構成放過邪惡之人的理由。

反正無論提出何種意見，這種人都只講得出對自己有利的歪理。

更重要的是，包含私人因素在內——這起事件超出了他忍耐的極限。

潛伏在一旁陰影處的女孩察覺金剛石騎士的心情，無奈地嘆氣。

金剛石騎士毫不在意，哈哈大笑。

「不論如何，你們主動露出狐狸尾巴了。我再也無須顧慮。」

面對這兩人的狼狽樣，金剛石騎士放下面罩，拔劍。

連揮劍時帶出的風壓都能刎斷脖子，劍身光滑澄澈，令人睜不開眼的白刃。

彷彿要讓惡漢知道他們已無路可逃，金剛石騎士舉劍宣言：

「我要替天行道——砍了你們！」

手下留情，自是毫無可能。

「結果他沒收下報酬嗎？」

「對啊。」妖精弓手用力拍桌，桌上的料理隨之震動。「不敢相信對不對!?」

森人這種生物，就算身負重傷被人抬進來，只要睡幾天就會徹底恢復。

櫃檯小姐露出困擾的表情，卻始終面帶微笑，望向坐在桌前的一行人。

魔女一副事不關己的態度，優雅地享用葡萄酒，女神官的表情也差不多。

在周圍的桌子各做各的事的人，和憤怒的妖精弓手，都是日常景象。

邊境鎮——冒險者公會在哥布林殺手一行人不在的期間，仍然沒有變化。

冒險者們喝酒、歡笑、出外冒險、戰鬥、回來，有時不會回來。

那就是日常——女神官心想，自己回歸日常生活了。

「也不是沒收報酬……還是有收下一些喔？」

「只有收剿滅哥布林的份！」

妖精弓手瘋狂抱怨「我不能接受」，長耳激烈地上下擺動。

本以為她已經喝醉，杯裡裝的卻是葡萄汁。看來她今天相當生氣。

「不過，他就是那樣的人嘛。」

櫃檯小姐把手放在圓桌上，撐著頰說。

「雖然救出了旅行時被擄走的**貴族家的千金**……剿滅哥布林就是剿滅哥布林。」

對那個人來說，就是這樣吧。女神官只簡短回了句「對呀」。

至少——沒什麼需要否定的，畢竟也沒說謊，況且她也有同感。

「王都那邊似乎也發生了大事件。聽說又摧毀了一個邪教徒的據點。」

不時會聽見傳聞的金剛石騎士，究竟是何許人也？櫃檯小姐歪過頭。

女神官沒有回答。沒錯，對那個人來說，剿滅哥布林再平常不過。

——可是。

即使如此，那一定不是聰明的做法——唯有這一點，女神官明白。

好歹救出了王家的女兒。無論敵人是哥布林還是其他東西。

不至於叫王家有求必應，但照理說，大可提出相應的要求。

像童話故事中的英雄那樣，與公主結婚，在新天地建立自己的王國……這種發展先不論。

拜託國王針對哥布林制定對策、希望讓自己升級成金等級等等，提高影響力……

——應該要看得更遠一點……才對。

自作聰明。不，女神官也是這麼想的。

然而，他卻說：

『這是剿滅哥布林。』

僅此而已，所以這樣就好。

——哥布林殺手先生他……

就是如此期望，然後會一直繼續做這種事吧。

「唉……」

「哎，呀……怎麼在，嘆氣？」

眼尖的魔女發現她下意識嘆氣，輕笑著說。

「妳剛才，說了『今天，不想回去』……這麼，可愛的話……」

遇到不開心的事了？女神官垂下視線，逃避魔女嫵媚的目光。

「不，沒什……」

也不是沒有。她的聲音愈變愈小，沒有正面回應，只是搖頭。

——請問，該怎麼做才能變得跟妳一樣？

這麼幼稚的問題，她實在開不了口。

想變得更好。

美麗、堅強、捨己為人、總是沉著冷靜、無所不知、優雅……想變成那樣的大人。

像魔女那樣──像劍之聖女那樣。

在那之後──劍之聖女趕到城塞，他跟她一句話都沒說到，就分別了。

因為劍之聖女忙著善後，哥布林殺手則轉眼就撤離現場。

──這樣好嗎？

雖然她無法想像。

哥布林殺手和劍之聖女之間，恐怕存在某種能心領神會的默契。

然而對女神官而言，始於劍之聖女的委託的冒險，結束得毫無實感。

自己做了什麼──不對，是自己做得到什麼。

她隔著法袍，輕輕撫上包覆住平坦胸部的鍊甲。

想成為他的助力。

她如此祈禱，卻沒有立刻發生顯著的變化。

依然是出道一年的冒險者，經驗不足的鋼鐵等級。

她環視周遭，新手戰士和見習聖女在低聲交談，為了什麼而乾杯。

對面是重戰士的團隊，女騎士盛大地發表演說。

酒館裡到處都是耀眼的冒險者。

——而自己又如何？

「……好難喔。」

思及此，她才終於嘀咕道。

「嗯——？」妖精弓手食指在空中畫了個圓。「怎麼了？跟姊姊說說看。」

「該說『變強』——」

女神官食指抵在脣上，思考片刻後說：

「……還是『成長』呢？總覺得，好困難喔。我有點受到挫折。」

「那當然。」

妖精弓手滿不在乎地說。

「樹也不會一下子就長大。不然會嚇死人的。」

她以不符合森人形象的態度，使用森人才會用的譬喻。

這個反差令櫃檯小姐發出銀鈴般的笑聲。

「哎，著急也不會有好處。」

「是……」

「『我獨自去修行、遠征，累積經驗回來了！』也不能代表什麼。」

想必她過去也看過像自己這樣的青澀冒險者。

櫃檯小姐的教誨，溫柔、體貼到女神官想哭。

「對了……有個好消息。對您來說的。」

見女神官這副模樣，櫃檯小姐拍了下手，閉起一隻眼睛。

「好消息……嗎？」

「王妹殿下似乎決定皈依地母神了。啊，並沒有要進修道院喔。」

「呃……」

女神官默默望向妖精弓手的臉，大概是不曉得要說什麼。

她也一句話都沒說，聳聳肩。這起事件不能透露給其他人知道。

女神官腦內突然閃過第一次冒險後，被送到神殿的女性們。

身體的傷不足為道。重要的是心。

她很清楚要擊潰、蹂躪一個人的心，有多麼容易。

——沒救了。

她也一樣。這次也一樣。

女神官感到一陣鼻酸，像在喘息般吐出氣息。呼吸困難。

「聽說是因為她見到一位地母神的神官。」

「咦————……？」

因此，接下來這句話太過出乎意料。

女神官呆呆看著她，櫃檯小姐露出孩童要揭曉祕密時的表情。

© Noboru Kannatuki

「『我不知道未來會如何，但我想變得跟那個人一樣』……她好像是這麼說的唷？」

「————」

這次，她真的一句話也說不出來。

想變得跟**那個人**一樣？

變得跟自己——如果不是她太自戀——一樣？

「咦、怎麼……？」

視線突然變得模糊。

她不停眨眼，用手揉眼睛。停不下來。臉頰好燙。

女神官不知所措，低聲啜泣，臉都皺了起來。

得恢復正常。得故作平靜才行。

要是被人知道，那名可憐的少女的人生，真的會徹底毀掉。

事情當然沒有這麼簡單，但對女神官來說，那就是一切。

然而不知為何，眼前仍舊一片模糊，聲音卡在喉嚨。

「……太好了。嗯，是個好消息。」

妖精弓手溫柔地說。魔女輕輕撫摸她的背。

雖然不清楚她知道多少，還是什麼都不知道，櫃檯小姐也貼心地沒有說話。

她真的——真的很高興，女神官努力開口，試著說些什麼。
酒館的門又開了，獸人女侍啪噠啪噠從女神官身旁跑過。
冒險者們的夜晚，還很熱鬧。

§

雙月綻放凜冽的光。
呼出來的氣息化為白煙，與月光重疊。
哥布林殺手踩著大剌剌的步伐，走在鎮外的小徑上。
什麼都沒變。
接受委託、前往現場、殺掉哥布林、拯救俘虜、回來。
那就是一切。
那就是他的職責。
他明白，就如同被踩到的枯葉會爛成一團那樣。
過去，未來，八成也什麼都不會改變。
道路沒有盡頭。沒有終點。
——只要看著眼前就好。

妖精弓手不知何時對他說過的話掠過腦海。

他的師父也說過類似的話。他說，因為你很笨。

集中在眼前的事情上，處理完再去做下一件事。

看著前方，向前邁進。站起來，前進。

這樣世上的一切都能搞定。不去做就什麼都不會改變。

「…………」

哥布林殺手突然想到。

——自己沒辦法跟她們一樣。

像振作起來的劍之聖女那樣，像持續戰鬥的千金劍士——像不斷前進的女神官那樣。

哥布林殺手不相信神。也沒認真祈禱過。他不認為這個行為有意義。

不過，正因如此，他才覺得能夠信仰神明的人是多麼美妙。

蜥蜴僧侶。礦人道士。妖精弓手、櫃檯小姐。

長槍手呢？重戰士肯定也是。所有人都……

哥布林殺手停下腳步，望向天空。雙月。數不清的繁星。

他咕噥一聲，然後搖搖頭。

他不知道該如何是好，但他明白該做什麼。只有一件事。

他抬起腳，向前踏出一步。抬起另一隻腳，向前踏出一步。

向前。向前進。不去想走不走得到。唯有不斷前進，是他的一切。

「——啊，你回來啦！」

突如其來的聲音，令他心不在焉地摘下鐵盔。

不遠處看得見溫暖的光。大概是從窗戶透出來的。

從窗戶探出身子，任紅髮被夜風吹拂的她，很快就映入眼簾。

「真是，天色這麼暗，邊走路邊發呆很危險喔——！」

她笑嘻嘻地向這邊揮手。

牛奶的甜味乘風飄來。

他終於擠出一句「嗯」，喃喃說道：「我回來了。」

這個音量明明不可能聽得見，她卻「嗯」地笑著點頭。

「晚餐煮好囉！快點過來吧。」

「……知道了。」

他心想。

——什麼都不會改變。

外出冒險，殺哥布林。

那就是他。

那是他做的選擇。

什麼都不會改變——倘若他選擇的結果就是如此。

他沒有再花時間去思考，開門進到家中，慢慢關上門。

夜晚寒冷的空氣中，響起碩大而溫暖的關門聲。

秋天過去，冬天即將來臨。

後記

大家好！我是蝸牛くも！

《哥布林殺手》第八集，大家還喜歡嗎？

這次也有出現哥布林，是哥布林殺手剿滅哥布林的故事。

我寫得很努力，如果各位看得開心就太好了。

是說，出到第八集了呢。第八集。連今川氏真的故事都要出了（註1）。嚇我一跳。

這也是多虧有各位的支持，真的非常感謝。

這本書出版的時候，我想我應該能在最新版的大都會的暗影中狂奔。太棒啦。然後動畫應該也在播了。太厲害啦。

立志當小說家的人，夢想通常是得到大獎、出書、漫畫化、動畫化。

註1　指作者於二〇一九年一月發售的另一部作品《天下一蹴　今川氏真無用劍》。

我雖然沒得到大獎……其他目標應該可以視為都達成了吧。
我想我差不多要從醫院的病床上醒來了。真的。
動畫版的畫面、劇本、音樂、聲優真的都很厲害！
可以的話希望大家也能撥空看一下。
那麼按照慣例是謝辭。
購買本書的讀者們，一直以來謝謝大家。
從網路版時代就一直支持本作的讀者們也是，今後也請多多關照。
創作方面的朋友們，謝謝你們總是給我各種建議！
各位遊戲伙伴，這次我也寫得很努力喔！謝謝你們！
始終助我良多的統整網站管理員，謝謝您每次的關照。
這次也提供了美麗插圖的神奈月老師，謝謝您！
編輯部的各位，因為我這人只會寫作，一直以來承蒙各位的諸多照顧。
其他與《哥布林殺手》有關的大家，真的謝謝了。
第九集會有哥布林，預計是哥布林殺手剿滅哥布林的故事。
今後我也會盡全力寫作，希望能讓大家看得高興。
那麼，還請多多指教。

哥布林殺手

GOBLIN SLAYER!

He does not let anyone roll the dice.

哥布林殺手
GOBLIN SLAYER!
He does not let anyone roll the dice.

浮文字
GOBLIN SLAYER 哥布林殺手8
（原名：ゴブリンスレイヤー #8）

著　者／蝸牛くも　封面插畫／神奈月昇　譯　者／Runoka
榮譽發行人／黃鎮隆　執行長／陳君平　企劃宣傳／楊玉如、施語宸、洪國瑋
協　理／洪琇菁　國際版權／黃令歡、梁名儀
執行編輯／曾鈺淳　美術編輯／陳又荻
內文校潤／梁瓏　內文排版／謝青秀

出　版／城邦文化事業股份有限公司 尖端出版
台北市中山區民生東路二段一四一號十樓
電話：（〇二）二五〇〇－七六〇〇
傳真：（〇二）二五〇〇－二六八三
E-mail：7novels@mail2.spp.com.tw

發　行／英屬蓋曼群島商家庭傳媒股份有限公司城邦分公司 尖端出版
台北市中山區民生東路二段一四一號十樓
電話：（〇二）二五〇〇－七六〇〇（代表號）
傳真：（〇二）二五〇〇－一九七九

中彰投以北經銷／楨彥有限公司（含宜花東）
電話：（〇二）八九一九－三三六九
傳真：（〇二）八九一四－五五二四

雲嘉經銷／智豐圖書有限公司 嘉義公司
電話：（〇五）二三三－三八五二
傳真：（〇五）二三三－三八六三
客服專線：〇八〇〇－〇二八－〇二八

南部經銷／智豐圖書有限公司 高雄公司
電話：（〇七）三七三－〇〇七九
傳真：（〇七）三七三－〇〇八七

一代匯集／香港九龍旺角塘尾道六十四號龍駒企業大廈十樓B&D室
電話：（八五二）二七八三－八一〇二
傳真：（八五二）二五八二－一五二九
E-mail：hkcite@biznetvigator.com

新馬經銷／城邦（馬新）出版集團Cite（M）Sdn. Bhd.
E-mail：cite@cite.com.my

法律顧問／王子文律師 元禾法律事務所
台北市羅斯福路三段三十七號十五樓

二〇一九年五月一版一刷
二〇二二年三月一版二刷

版權所有・翻印必究
■本書若有破損、缺頁請寄回當地出版社更換■

GOBLIN SLAYER 8
Copyright © 2018 Kumo Kagyu
Illustrations Copyright © 2018 Noboru Kannatuki
Chinese translation rights in complex characters arranged with
SB Creative Corp., Tokyo through Japan UNI Agency, Inc., Tokyo

■中文版■

郵購注意事項：
1.填妥劃撥單資料：帳號：50003021戶名：英屬蓋曼群島商家庭傳媒(股)公司城邦分公司。2.通信欄內註明訂購書名與冊數。3.劃撥金額低於500元，請加附掛號郵資50元。如劃撥日起 10～14日，仍未收到書時，請洽劃撥組。劃撥專線TEL：(03)312-4212 ・ FAX：(03)322-4621。E-mail：marketing@spp.com.tw

國家圖書館出版品預行編目資料

GOBLIN SLAYER!哥布林殺手8 / 蝸牛くも作；
Runoka譯. -- 初版. -- 臺北市：尖端,
2019.05-
冊；　公分
譯自：ゴブリンスレイヤー7

ISBN 978-957-10-8542-5 (第8冊：平裝)

861.57　　108003705

希望他們每一隻都不能活著接受制裁。

「我來找您了。」
她如此說道。
至高神的大主教——劍之聖女來到邊境小鎮的公會，
委託哥布林殺手的團隊護衛她到王都。
據說，街道上充滿騎著狼的哥布林。
另一方面，從天而降的火石墜落至王都的靈峰，謠傳是災厄的象徵……
一行人來到王都時發生的事件，是「宿命」抑或「偶然」？
在前方等待他們的，是最幽深的迷宮、最邊遠的深淵——死亡迷宮(Dungeon of the Dead)。
「如果各位下到比第四層更深的地方……會回不來的。」

蝸牛くも╳神奈月昇的黑暗系奇幻巨作・第八彈！